Peter Zeindler
Das Sargbukett

Peter Zeindler
Das Sargbukett

oder Sophies erster Fall

Kriminalroman

Arche

Umschlag: Max Bartholl
Satz: Uhl + Massopust, Aalen
Druck, Bindung: Ebner, Ulm
Gedruckt auf Fortuna Werkdruck Standard
holzfrei, chlorfrei, ph-neutral, atmungsbeständig
Steinbeis Temming Papier GmbH
Printed in Germany
ISBN 3-7160-2150-4

Das Sargbukett

1

»Zwei Uhr vorbei!«

Sophie tat so, als ob sie nichts gehört hätte. Ihr flinker, von Gicht leicht gekrümmter Zeigefinger folgte den kunstvoll verschlungenen Fäden des Spitzentuchs auf dem Balkontisch, zögerte plötzlich und zeigte dann wie der Schnabel eines Raubvogels genau auf Luises rechtes Auge.

»Und? Bin ich denn meines Mannes Hüterin, meine Liebe?« Sophies kleines faltiges Gesicht zog sich noch mehr zusammen. Ihre vielen silbernen Löckchen vibrierten.

»Das gehört zu deiner ehelichen Pflicht, Sophie«, sagte Luise ungerührt und setzte sich kerzengerade auf. Ihre grünen Katzenaugen wanderten zwischen ihrer Freundin und den stillen Villen rechts und links der Straße eilig hin und her. Sie wollte auf keinen Fall den Augenblick verpassen, in dem Sophies verschollener Gatte plötzlich doch noch auftauchte und die Aufregung um seine Person wieder einmal umsonst gewesen war.

Ein weißer Angorakater sprang elegant und lautlos auf den Balkontisch und verhakte sich mit seinen Krallen in den Fäden des Spitzentuchs.

»Adonis! Weg da!«

Sophie scheuchte das Tier vom Tisch. Katze und Spitzentuch verschwanden gleichzeitig durch die Balkontür im Salon. Sophie, die Luises Liebling nicht besonders leiden mochte, schaute ihm teilnahmslos nach. Es war die Katze ihrer Freundin, und auch das Spitzentuch hatte Luise in den gemeinsamen Haushalt eingebracht. Und da Sophie Nelkenmuster auf den Tod nicht leiden konnte und deshalb das Tuch nur auf dem Balkontisch duldete, störte sie der Zwischenfall nicht weiter. Für die Einrichtung der Wohnung zeichnete allein sie verantwortlich, und sie hätte es trotz ihrer Freundschaft zu Luise nie geduldet, daß die Erbstücke ihrer Eltern durch Luises zweifelhaften Geschmack entwertet worden wären.

»Diese Luise!« hatte Sophies Mutter jeweils gesagt, wenn die stattliche, großgewachsene Frau auftauchte, um ihre Tochter zu besuchen. Luise, die damals als Vorführmannequin in dem großen Hamburger Modehaus der Gebrüder Robinsohn an der Schleusenbrücke beim Rathaus arbeitete und die Männer wechselte wie ihre Wäsche, war, so empfand es die Mutter, nicht der richtige Umgang für ihre Tochter, stammte sie doch aus besten hanseatischen Kreisen, in deren Adern durch ihre Vorfahren mütterlicherseits sogar blaues Blut floß.

Nein, diese Luise stört, hatte Sophies Mutter immer wieder gefunden, und sie war zwar wie alle überrascht, aber vor allem erleichtert gewesen, als Luise eines Tages verkündete, sie werde einen Schweizer Konditor heiraten und zu ihm nach Montreux an den Genfer See ziehen. Ihre Lust auf Süßigkeiten und das gepflegte Ambiente an den Ufern des Lac Léman hatten sie diesen plötzlichen Entschluß fassen lassen.

Als Luise dann im Jahr 1957 nach dem frühen Tod ihres Mannes, dem sie eine aufopferungsvolle Gattin gewesen sein soll, nach Hamburg zurückkehrte und bald darauf bei Sophie einzog, war deren Mutter seit zwei Jahren tot.

»Kümmere dich um deinen Mann, Sophie! Schließlich ist er eine Million schwer!«

Luise rastete in das gewohnte Ritual ein, und Sophie reagierte prompt. Sie schoß aus ihrem Korbstuhl hoch, stützte sich, nach vorn gebeugt, mit beiden Händen auf den Tisch. Auch stehend war sie nur um einen Kopf größer als ihre sitzende Freundin, die Sophies Imponierhaltung denn auch überhaupt nicht zu beeindrucken schien.

»Den vergeßlichen Mann habe ich dir zu verdanken! Kupplerin!«

»Und die Million auch! Ohne die Heirat hättest du das Haus deiner Eltern verkaufen müssen!«

Sophie schüttelte wütend den Kopf. Ihre Löckchen tanzten.

»Er ist ein lieber Mann«, sagte sie lauter als nötig, so, als ob sie sich selbst davon überzeugen müßte, die richtige Wahl getroffen zu haben. Dann drehte sie sich brüsk um und ging in den Salon. Unruhig umkreiste sie das Telefon auf dem Nähtischchen.

»Wo rufst du zuerst an? Im Café Überseebrücke? Willkommhöft? Oder in dieser Bierstube am Hauptbahnhof?«

Sophie antwortete nicht. Sie steckte ihren Zeigefinger

in die Löcher der Wählscheibe, denn sie wußte, daß Luise mittlerweile imstande war, aus dem Rhythmus der Zahlenkombination das Lokal zu erraten, in dem Sophie ihren Mann ausfindig zu machen hoffte.

»Und?« fragte Luise, als Sophie drinnen den Hörer auflegte, obwohl sie jedes Wort verstanden hatte.

»Er ist im Café Überseebrücke.«

Sie stand in der Balkontür, den schwarzen kleinen Hut mit der kecken hellblauen Feder schräg auf dem Kopf.

Luise betrachtete Sophie von oben bis unten. Immer wenn Sophie sich auf die Suche nach ihrem Mann machte, wenn sie zu zweit oder, was selten vorkam, zu dritt ausgingen, war es Luise, die dank ihrer Vergangenheit als Mannequin prüfen mußte, ob die Kleidung der Situation angepaßt war oder nicht. Wenn Sophie Eugens Spur folgte, war zum Beispiel eine variable Lösung angezeigt, da man nie sicher sein konnte, wo sich Sophies verwirrter Ehemann herumtrieb. Und so hatten sich denn die beiden Frauen für ein Outfit entschieden, das einerseits eine gewisse zurückhaltende aristokratische Eleganz zeigte, auf die Sophie eingedenk ihrer Abstammung und Erziehung großen Wert legte. Andererseits verlangten unerwartete Situationen schnelle Reaktionen, wobei weniger Eleganz als Erdnähe gefragt war. So trug Sophie denn bei diesen Gelegenheiten ein kragenloses Kostüm, um ihre eher zerbrechliche Gestalt nicht mit unnötigem Ballast zu befrachten, entweder mit feinem Pepitamuster oder grau mit zarten rosafarbenen Streifen. Dazu hochhackige Lackschuhe, auf denen sie unter Luises kundiger Anleitung mit leicht vorgeschobener Hüfte und dezent rotierenden Armen zu gehen gelernt hatte. In ihrer bauchigen schwarzen Ledertasche trug Sophie ein Paar flache gummibesohlte Ersatzschuhe bei sich. Für alle Fälle.

»Du besorgst den Telefondienst – wie immer«, sagte Sophie und ergriff neben der Tür den schönen schwarzen Schirm mit dem Silbergriff, ein Erbstück ihrer Mutter.

Sophie hatte Luise genau erklärt, wie man sich am Telefon professionell verhielt, denn schließlich hatte sie nach dem Tod ihrer Mutter – anfangs aus Verzweiflung, um zu überleben, später mit wachsender Freude – mehrere Jahre als Telefonistin und Empfangsdame in den Direktionsräumen eines alten hanseatischen Bankhauses gearbeitet. Sie hatte die Stelle auch ihren adligen Vorfahren zu verdanken gehabt, und sie wurde sehr respektvoll und pfleglich behandelt, denn man konnte ja nicht wissen, ob sie den sehr privaten Telefongesprächen der Herren auf der Direktionsetage nicht gelauscht hatte.

Sie hatte. Aber da sie zu Diskretion erzogen worden war, behielt sie alles für sich, wenn auch ab und zu beim Lauschen ihre erotische Phantasie über Gebühr angeheizt worden war. Ihr verwirrter Gatte dagegen, den ihr die Vernunft und das Diktat Luises beschert hatte, vermochte bei Sophie außer Sympathie oder Zuneigung nichts zu wecken. Sie befriedigte, zwar mit schlechtem Gewissen, weil ihr ihre Herkunft und auch ihr Geschmack in Sachen Literatur dazwischenkamen, ihre durchaus noch intakten erotischen Bedürfnisse bei der Lektüre von Romanen, die Luise als Mitglied eines Lesezirkels regelmäßig zugeschickt bekam. Die meisten Bücher drangen irgendwann in Bereiche vor, die Sophie heimlich erschauern ließen. Sie pflegte solch anrüchige Stellen dann Luise mit klagendem Unterton, in dem sozusagen eine Zensurschere mitklapperte, vorzulesen. Gleichzeitig aber bedauerte sie zutiefst den Mangel an erotischer Erfahrung in ihrem eigenen Leben.

»Ach was!« sagte sie halblaut und vollführte dazu eine heftige weit ausholende Armbewegung, als wolle sie ein Stück ungelebter Biographie gewaltsam wegwischen. Doch als sie das düstere Treppenhaus hinabstieg, in welches das Licht nur gedämpft durch das gerippte Glas der hohen Fenster fiel und die Jugendstilornamente ihre gelben und blauen Partikel auf die steinernen Stufen warfen, kam die Erinnerung an jenen Mann zurück, der sie vor über vierzig Jahren hatte heiraten wollen. Auch jedesmal, wenn Eugen seinen runden roten Kopf durch die Türöffnung streckte, sah sie dahinter das edel geschnittene Profil Lothars auftauchen. Hätte sie damals den Sprung von Hamburg hinunter an den Bodensee gewagt, wo Lothar die Zahnarztpraxis seines Vaters übernehmen

wollte, wären ihre erotischen Träume, da war sie sich ganz sicher, in Erfüllung gegangen.
Das rosafarbene Seidenhöschen und der durchsichtige gleichfarbige Büstenhalter, die sie damals in Erwartung der ersten intimen Begegnung mit ihrem Verlobten gekauft hatte, ruhten ungetragen in der beigefarbenen Schachtel ganz unten in ihrem Kleiderschrank. Und nur einmal im Jahr, meistens im Adventsmonat, stahl sich Sophie davon, setzte sich mit der Wäscheschachtel auf den Knien in die S-Bahn und fuhr ins Zentrum, wo sie sich ein Doppelzimmer im Hotel »Vier Jahreszeiten« mietete, für eine einzige Nacht, die sie ganz ihrer ungelebten Liebe widmete. Die geöffnete Schachtel lag auf dem aufgeschlagenen Bett, den Verlobungsring hatte sie sich an den Finger gesteckt, und aus ihrem Kassettenrecorder erklang der Kaiserwalzer, den sie als Brauttanz gewählt hatte. Dazu las sie mit lauter und bewegter Stimme in den vergilbten Liebesbriefen, die sie zwar längst auswendig kannte, in deren verschnörkelten Schriftzeichen sie sich aber immer wieder gern verirrte.

Sophie trat auf die Straße, warf noch einen kurzen Blick auf das elterliche Haus zurück und wechselte auf die gegenüberliegende Straßenseite in den Schatten der Linden, um sich der Überwachung der Freundin zu entziehen, die auf dem Balkon thronte und zwischen den Blättern des Weinlaubs hervorspähte.

Immer die gleichen Situationen und Bilder, dachte Sophie. Diese Eintönigkeit hatte denn auch mit der Zeit ihre Erinnerungsstunden an ihren fernen Geliebten beeinträchtigt. Ihre alljährlichen Gedenktage schrumpften im Laufe der Jahre, und mittlerweile kehrte sie bereits nach einer Stunde Nostalgiearbeit wieder nach Hause zurück.
Doch die prickelnde Hoffnung, daß es für das große Abenteuer noch nicht zu spät sei, mottete weiterhin in ihrer empfindsamen Seele.

2

Als Sophie in der S-Bahn saß, mit scheinbar geschlossenen Augen, spürte sie wie jedesmal auch heute wieder, diese kleine Erregung, die sich wellenförmig über ihren Körper ausbreitete. Sie liebte die durchgesessenen Polster, in denen sie rettungslos versank, bis ihre Füße endlich wieder den Boden berührten, und genoß den letzten Rest von Luxus und Geborgenheit, den ihr die 1. Klasse der S-Bahn noch zu bieten vermochte. Draußen zog die vertraute Landschaft am Fenster vorbei, und Sophie gestand sich ein, daß es zwar nach außen hin lästig erschien, sich als alte Frau immer wieder aufmachen zu müssen, ihren Gatten zu suchen, der seinen Heimweg nicht mehr fand, daß aber gerade diese Spurensuche ihren kriminalistischen Neigungen sehr entgegenkam. Sherlock

Holmes, Monsieur Poirot, Lord Peter Wimsey und Jules Maigret hatten ihr schon viele langweilige Stunden verkürzt.
Kurz vor Altona tauchte der Zug in den Tunnel, die Räder drückten sich quietschend gegen die Schienen, und Tag und Nacht waren für eine Weile nicht mehr voneinander zu trennen. Ihr allzu idyllisches Othmarschen hatte Sophie endgültig hinter sich gelassen. Der Tunnel führte unterhalb der Reeperbahn direkt in den Dschungel der Großstadt.
Sie war angekommen! Der Zug polterte in den Bahnhof Landungsbrücken und bremste abrupt. Das Öffnen der Türen bereitete Sophie jedesmal besondere Mühe. Sie waren so schwer zu bewegen wie ein geräumiger Kleiderschrank, den man von einer Ecke des Zimmers in eine andere manövrieren wollte. Aber selbst mit einem Kleiderschrank hätte sie es aufgenommen!
»Hände weg!« zischte sie denn auch, als ihr ein Fahrgast helfen wollte. Der Mann wich zurück. Mit einem kraftvollen Schwung zog sie die Tür aus dem Weg und sprang über den schmalen Abgrund zwischen Zug und Bahnsteig ins Freie. Sie war noch immer beweglich wie eine Gliederpuppe, doch ihre kurzen Beine zwangen sie manchmal zu unnatürlichen Verrenkungen. Wenn sie sprang, dann sprang sie sozusagen ins Leere, und nur ihre Standfestigkeit und der tiefliegende Schwerpunkt ihres kleinen Körpers bewahrten sie vor dem Sturz. Der Mann schaute ihr bewundernd

zu, wie sie sich mit dem Schirm ausbalancierte und dann, nach sekundenschnellem Zögern, davonlief.
Sie spürte seinen Blick im Rücken. Für einen kurzen Augenblick, als sie auf die Rolltreppe trat, die sie ans Tageslicht befördern sollte, kam sie aus dem Gleichgewicht. Es schien, als sei ihr die selbstverständliche Anmut abhanden gekommen, mit der sie sich seit ihrer Kindheit bewegte und die von ihrer adeligen Mutter noch kultiviert worden war. Männerblicke aber, selbst im Rücken, irritierten sie noch immer, und sie führte das auf den ungelebten Teil ihrer Biographie zurück.
Eines Tages würde sie Lothar aufsuchen, würde zu ihm an den Bodensee reisen, selbst auf die Gefahr hin, daß er mittlerweile tot war oder inmitten einer stattlichen Zahl von Enkeln auf seinem Großvaterstuhl gütig in die Runde blickte und Sophie in seinem Langzeitgedächtnis längst eine zu vernachlässigende Episode geworden war.
Sie blinzelte ins Tageslicht. Vor ihr lag die Elbe, in der sich der Himmel spiegelte. Sie warf einen kurzen Blick nach rechts, als müßte sie überprüfen, ob der Hafen noch in seiner ganzen Länge vorhanden sei. Dann stieg sie links die Treppen hinunter an der »Rickmer Rickmers« vorbei Richtung Überseebrücke.
Sie betrat das Café Überseebrücke.
Eugen saß nicht mehr an seinem Platz, von dem aus er so gern den ganzen Hafen überblickte.

»Guten Tag, Frau Tauber. Ihr Gatte war leider nicht zurückzuhalten!«
Die mächtige Serviererin betrachtete Sophie über ihren ausladenden Busen hinweg wie eine kostbare Miniatur. Dazu wühlte sie verlegen in ihrer Geldtasche unter der kleinen weißen Schürze.
Sophie schüttelte ungläubig den Kopf und klopfte dazu dreimal beschwörend mit der Schirmspitze auf den Boden.
»Sie konnten ihn doch nicht einfach so gehen lassen, bevor ich komme!«
»Herr Tauber hat bezahlt!«
»Hoffentlich!«
Sophie schaute die Serviererin empört an. Eugen war vergeßlich, aber er war kein Zechpreller.
»Herr Tauber hat aber das da liegenlassen!«
Die Serviererin zeigte mit ihrem dicken Zeigefinger in die Ecke. Sophie wandte sich um. Sie musterte rasch das längliche Paket auf dem Tisch: ein Blumenstrauß! Einen Augenblick lang überkam sie ein Gefühl der Rührung. Sie merkte, wie ihr die Röte ins Gesicht stieg, und sie fragte sich, ob sie nicht dem Mann, den sie aus bloßer Vernunft geheiratet hatte und dem sie kaum spontane Regungen, keine Gefühlswallungen zutraute, vielleicht doch unrecht tat. Nein! Beklagen konnte er sich nicht. Sie bemutterte ihn. Sie legte ihm jeden Morgen die saubere Wäsche bereit. Sie kochte ihm seine Lieblingsmenüs, und sie ging ab und zu mit ihm spazieren, wenn sie dabei auch immer

hoffte, nicht auf Bekannte zu treffen, die Eugen dann nach ihrem Namen fragte oder an die er sich überhaupt nicht erinnern konnte.
»Hat er dort gesessen?« fragte sie leiser als beabsichtigt, und ihre Gedanken kreisten dabei über den Wellen des Bodensees.
»Ja, Herr Tauber ist mit diesem Blumenstrauß, oder was auch immer in diesem Paket ist, hier angekommen. Plötzlich war er weg. Nur die Blumen hat er liegenlassen.«
»Plötzlich!« sagte Sophie vorwurfsvoll. »Mein Mann hinkt! Ein plötzlicher Aufbruch! Daß ich nicht lache!«
Sie hatte sich wieder gefangen. Ihre brüske Antwort war die Reaktion auf die Gefühle, die sie so plötzlich überfallen hatten. Sie steuerte auf den Tisch zu, griff nach dem länglichen Paket, löste das Papier am oberen Ende, steckte ihren Kopf in die Öffnung, und als sie wieder auftauchte, schüttelte sie verwirrt den Kopf.
Nelken!
War es Erleichterung oder Enttäuschung oder gar unterdrückte Wut, die das Glücksgefühl verdrängten? Sophie haßte Nelken, auch Nelkenmuster auf Balkontischtüchern. Entweder waren die Nelken nicht für sie bestimmt gewesen, oder Eugen hatte in seiner Verwirrung vergessen, daß Sophie diese verschnörkelten, künstlich wirkenden Blumen verabscheute.
Luise aber liebte Nelken!

Hatte Eugen diese Blumen etwa für ihre Freundin gekauft, mit der ihn – so mindestens hatte Sophie immer gedacht – nicht mehr als ein von Höflichkeiten und scheinbarem Respekt bestimmtes Verhältnis verband? Eifersucht konnte es nicht sein, was da plötzlich hochkam! Eifersucht hatte mit Liebe zu tun und nicht mit Fürsorge. Es sei denn, dachte sie irritiert, sie täuschte sich in ihren wahren Gefühlen zu Eugen.

»Ich nehme den Strauß mit!« sagte Sophie endlich. »Schließlich ist er ja ohnehin für mich!«

»Das wär ja gelacht!«

Es war der junge Mann am Nebentisch, der das gesagt hatte.

Sophie bemerkte ihn erst jetzt. Er trug einen schwarzen Motorradanzug. Der silberne Helm lag neben einem Glas Cola auf dem Tisch. Im Aschenbecher qualmte eine halbgerauchte Zigarette.

»Sitzen Sie schon lange hier?«

Der junge Mann schüttelte den Kopf mit den langen Haaren.

»Nein!«

»Warum denken Sie, daß die Blumen nicht für mich sind?« fragte Sophie und betrachtete ihn streng.

»Weil Sie noch leben!«

»Was hat das denn mit den Blumen zu tun?«

»Das ist ein Sargbukett!«

Sophie legte das längliche Paket erschrocken auf den Tisch zurück.

»Wer bist du?«

Sie hatte ihren Tonfall gewechselt. Sie duzte ihn.
»Ich heiße Stephan.«
»Student?« fragte sie hoffnungsvoll. Vielleicht gab es eine gemeinsame Konversationsebene.
Er nickte. »Germanistik.«
Sophie schniefte beifällig. »Alter?«
»Dreiundzwanzig.«
»Wohnhaft?«
»Blankenese.«
»Beruf des Vaters?«
»Vater ist tot.«
Sophie schwieg erschrocken. Sie biß sich auf die Lippen. Wieder war sie in diesen inquisitorischen Jargon der Kriminalpolizei gefallen, den sie aus dem Fernsehen und der Presse gut kannte und immer gebannt verfolgte.
»Das tut mir leid«, murmelte sie und strich nicht ganz ohne Überwindung über den Ärmel seiner speckigen Jacke.
»Woher weißt du, daß da ein Sargbukett drin ist?«
Plötzlich schien Stephan verunsichert zu sein, als ob er seine spontane Äußerung bereute. Sophie betrachtete ihn eingehend.
»Du sitzt also rein zufällig an diesem Tisch hier?« fragte sie, und ein hinterhältiges Lächeln kräuselte ihre Lippen.
»Zufällig? Ich bin Ihrem Mann gefolgt! Er wirkte so –!«
Stephan brach ab und senkte den Blick.

»Verwirrt? Wolltest du verwirrt sagen?«
Stephan zuckte mit den Schultern.
»Eher hilflos! Er wußte plötzlich nicht mehr, was er mit dem Sargbukett anfangen sollte.«
Sophies Mißtrauen wuchs. »Sollte er denn damit etwas anfangen?«
Stephan erhob sich langsam. Er war dünn und lang und stand leicht gekrümmt da, als ob er vermeiden wollte, daß die kleine alte Frau vor ihm noch kleiner wirkte. Aber Sophie dachte gar nicht an die plötzlich verschobenen Proportionen. Sie witterte Hintergründiges. So mußte es den Herren Maigret oder Poirot ergangen sein, wenn sie ganz plötzlich ein Hauch von Mißtrauen gestreift hatte und sie davon überzeugt waren, daß sich die Welt um sie sachte verändern würde und ein strahlender Julitag wie heute seine scheinbare Harmlosigkeit verlor.
»Gib mir eine Zigarette, Stephan«, sagte sie abwesend.
Sie blickte wieder auf die Blumen, gleichzeitig streckte sie langsam ihre rechte Hand aus, wartete, bis Stephan ihr eine Zigarette zwischen Mittel- und Zeigefinger geschoben hatte, steckte sie dann beinahe im Zeitlupentempo zwischen die Lippen, ließ sie dort nach unten hängen und richtete sie erst wieder auf, als sich die Flamme des Feuerzeugs näherte. Dann sog sie den Rauch tief ein, dachte schnell und schuldbewußt an ihre Lunge und an das, was ihr der Arzt gesagt hatte, und machte eine Kopfbewegung zum Ausgang hin.

»Gehen wir!«
»Wir? Und wohin?«
»Zum Blumenladen!«
Stephan schien leicht zusammenzuzucken.
»Der Name des Ladens steht auf dem Papier!«
»Und warum soll ich mitkommen?« fragte Stephan leise.
»Weil man eine alte Dame nicht allein dieses – Sargbukett tragen läßt. Ganz einfach deshalb.«
Stephan nickte, packte die Blumen und folgte Sophie zum Ausgang. Sie gingen ein paar Schritte schweigend nebeneinanderher, wobei Stephan verzweifelt versuchte, seine Schritte der emsigen Gangart der alten Dame anzupassen. An der Treppe, die steil zum Hafentor hinunterführte, blieb Sophie stehen, kramte im Bauch ihrer Handtasche herum, zog gummibesohlte Halbschuhe heraus, hielt sich mit der linken Hand an Stephans Arm fest, streifte die hochhackigen Lackschuhe von den Füßen und schlüpfte in das bequemere Paar.
»Sie sind ja gut ausgerüstet«, staunte ihr Begleiter.
»Bin ich immer. Die Jagd hat begonnen. Ich muß beweglich sein!«
»Welche Jagd?«
»Du wirst schon sehen!«
Sie packte ihn am Arm und zog ihn mit sich fort.

3

Der Laden sah aus wie alle Blumenläden, ein Dschungel, in dem fleischige Blätter wucherten, dunkelrote Rosen von weißen Margeriten erschlagen, zarte Röschen von fetten Orchideen verschlungen wurden und sich Efeu an einer aufgeklebten Mauerimitation emporrankte.
»Stammen diese Blumen von Ihnen?« fragte Sophie und streckte der jungen Verkäuferin die noch immer eingewickelten Nelken entgegen.
»Ja!« Die Verkäuferin flüsterte nur und schaute Sophie beinahe ängstlich an. »Bei Blumen gibt es kein Rückgaberecht!« fügte sie trotzdem mutig hinzu und biß sich auch gleich auf die Lippen.
»Haben Sie diese Blumen verkauft?« fragte Sophie unbeeindruckt weiter.
»Ich habe heute keine Nelken verkauft!« Sie tat einen vorsichtigen Schritt zurück. Die kleine alte Dame brachte sie mit ihrer forschen Art aus der Fassung.
»Wer also hat diese Nelken verkauft?«
»Meine Kollegin vielleicht.« Sie drehte sich um und verschwand eilig hinter der efeuumrankten Wand. Sie hatte ihre Schultern eingezogen, den Nacken versteift, als erwarte sie einen Angriff von hinten.
»Ja, ich habe das Gebinde verkauft! Einem alten ...!«
»Meinem Mann!« Sophie unterbrach schnell die rundliche Frau, die gleichsam hinter der Wand hervorkugelte.

»Ich kenne Ihren Mann nicht«, sagte diese gelangweilt und schaute die energische Kundin an.
»Dafür kennen Sie jetzt seine Frau!«
Sophie zeigte ein schnelles versöhnliches Lächeln. Sie wußte, wie man mit Verkaufspersonal umzugehen hatte, beherrschte diesen Ton zwischen Autorität und Vertraulichkeit perfekt.
»Der Herr – Ihr Mann – war vor ungefähr zwei Stunden hier.«
»Allein?«
Die rundliche Verkäuferin nickte zuerst und schüttelte dann den Kopf. »Im Laden war er allein. Aber draußen schien jemand auf ihn zu warten.«
»So?« fragte Sophie gedehnt. »Eine Frau?«
»Ein Mann!«
»Wie sah er aus?«
»Ich habe nicht genau hingesehen. Er schien Ihren Mann begleitet zu haben.«
Plötzlich hatte Sophie einen Verdacht. Sie warf einen Blick durchs Schaufenster. Stephan hatte sich eine Zigarette angezündet und war zwischen den Spießen einer ausladenden Yucca und den flirrenden Blättern eines Ficus kaum zu erkennen.
»War es der junge Mann da draußen?« fragte Sophie und machte eine Kopfbewegung in Stephans Richtung.
»Möglich. Ich habe nicht so genau hingeschaut. Und er stand ja auch nicht lange da draußen.«
Sophie ging erregt im Laden auf und ab, schnupperte

da an einer Rose, beugte sich dort über einen Strauß mit Sonnenblumen und blieb dann endlich wieder vor der Verkäuferin stehen. Ihre Nasenspitze leuchtete gelb. Blütenstaub hatte sich daran festgesetzt. Aber die Verkäuferin verzog keine Miene.

»Und dann?«

Die Mundwinkel der Dicken zeigten nach unten.

»Dann?« fragte sie uninteressiert. »Dann ging Ihr Mann weg. Das heißt, zuerst war da noch der Polizeiwachtmeister.«

Sophie faßte sich erschrocken an die Nase, betrachtete lange und nachdenklich ihre gelben Fingerspitzen und schüttelte dazu den Kopf. Jetzt wurde die Angelegenheit interessant. Und Sophie wechselte versuchsweise die Tonart.

»Was wollte der Bulle?« fragte sie schroff.

Die Verkäuferin zuckte zusammen. Der überraschende Jargonwechsel hatte sie aus der Fassung gebracht. Und ihr Respekt vor der kleinen Frau wuchs sprunghaft an.

»Der Polizist schien Ihren Mann zu kennen.«

»Die Polizisten in halb Hamburg kennen meinen Mann!« sagte Sophie. Aber sie lieferte der Verkäuferin keine Erklärung, sagte nicht, daß sie immer wieder gezwungen war, bei der Polizei nachzufragen, ob irgendwo ein verwirrter Mann aufgetaucht sei, einer, der vielleicht in den falschen Bus gestiegen war oder plötzlich auf dem Hamburger Hauptbahnhof gesichtet wurde, um dort, ohne das dafür nötige Kleingeld in der Tasche, einen Fernzug nach Italien zu besteigen. Denn in Italien, genauer in Bergamo, hatte ihr Mann einen großen und erfolgreichen Teil seines Lebens als Textilkaufmann und Fabrikbesitzer verbracht. Eugen Tauber war früher ein bekannter Mann gewesen und war es heute noch!

»Weiter?«

»Nichts weiter. Ihr Gatte wechselte mit dem Wachtmeister ein paar Worte, bezahlte und ging dann.«

»Womit hat er bezahlt?«

»Womit?« Sie dachte nach. »Mit einem Zweihundertmarkschein!«

Sophie überlegte. Sie kannte den Inhalt von Eugens Portemonnaie genau. Jedesmal, bevor er das Haus verließ, warf sie einen prüfenden Blick hinein, zählte die Banknoten, um später nachprüfen zu können, ob er sich in seiner Dusseligkeit nicht hatte übers Ohr hauen lassen. Mehr als hundert Mark gab sie ihm nie mit. Ein Zweihundertmarkschein war deshalb sicher nicht dabeigewesen, es sei denn, Eugen hatte irgendwo ein geheimes Depot, das sie nicht kannte.

Nein! Den Zweihundertmarkschein hatte er von jenem Unbekannten bekommen, um die Blumen zu bezahlen.

»Zweihundert Mark?«

»Hundertvierzig!«

»Hundertvierzig? Für diese paar Nelken?«

Die Verkäuferin blickte Sophie böse an. »Umsonst ist nicht mal der Tod! Und schon gar nicht Blumen!«

Sophie schaute die Dicke ebenfalls böse an. Sie konnte Anspielungen auf den Tod nicht leiden.
Sie stürzte sich gleichsam auf das längliche Paket und riß das Papier mit einer einzigen Bewegung weg. Rosafarbene, rote und weiße Nelken auf einem Moosbeet.
»Wer hat denn bloß einen solch miserablen Geschmack?«
Der schwere Duft der vielen Blumen verwirrte ihre Sinne, und sie hatte plötzlich das Gefühl, eine kalte Hand greife nach ihr.
»So sehen Sargbuketts nun einmal aus!« sagte die Verkäuferin störrisch.
»Wer hat die Blumen bestellt?«
»Ist das ein Verhör?« Die Verkäuferin zeigte ihre Zähne.
»Ja!« antwortete Sophie ungerührt. »Es geht um meinen Mann! Also?«
»Ein Mann. Irgendein Mann. Am Telefon. Müller. Er lasse die Blumen abholen und bar bezahlen!«
»Müller!« murmelte Sophie verächtlich. Sie überlegte. Welche Fragen würde ein Kriminalbeamter jetzt stellen?
»Ging mein Mann anschließend mit dem Fremden vor dem Laden weg?«
»Der Mann war bereits verschwunden, als Ihr Gatte das Geschäft verließ. Ihr Mann stand eine Weile draußen, schaute sich unschlüssig um und ging dann langsam davon!«

»Langsam!« sagte Sophie wütend. »Wie denn sonst! Er hinkt!«
Sie war jetzt fest entschlossen, der mysteriösen Angelegenheit auf den Grund zu kommen.
Sophie wickelte das Sargbukett wieder in das Papier und verließ grußlos das Blumengeschäft.

4

»Ärger gehabt?« fragte Stephan und warf die Zigarettenkippe in den Rinnstein.
Sophie betrachtete den jungen Mann mißtrauisch. Er ging jetzt, das Sargbukett auf seinen ausgestreckten Armen wie ein Taufkissen vor sich hertragend, neben ihr her. Sie begutachtete sein Profil, die kühn gebogene Nase, den etwas weichen Mund.
»Du trägst die Blumen wie ein Patenkind zum Altar.«
Sie lächelte. Stephan zuckte leicht zusammen, drehte aber den Kopf nicht.
»Sie haben mir die Blumen so in die Hände gelegt. Wie ein Baby!«
Sophie nickte, dachte einen Augenblick daran, daß sie selbst auch gerne Kinder gehabt hätte, und fragte sich, ob es wohl der ferne Lothar am Bodensee mit einer andern geschafft hatte? Und dann faßte sie gleich einen Entschluß: Sie würde ihren versunkenen Geliebten ausfindig machen, und zwar bald. Sie wollte noch

einmal den einzigen Mann sehen, den sie geliebt hatte. Und gleichzeitig fragte sie sich auch schon, ob sie nicht besser daran tun würde, das intakte, von Sehnsüchten umrankte Bild, das sie in sich trug, zu bewahren.
»Was hast du mit meinem Mann zu tun gehabt?«
Stephan zuckte mit den Schultern. »Was sollte gewesen sein? Ich habe neben Ihrem Mann im Café gesessen. Das ist alles!«
Sophie blieb stehen und zwang ihren Begleiter, ebenfalls anzuhalten. Aber er wandte sich ihr nicht zu, sondern stand mit seinen Blumen unbeweglich da und schaute hinüber zu den Docks.
»Woher hat mein Mann diese Grabblumen?«
»Von einem – Fremden«, antwortete Stephan zögernd. »Mindestens hat er mir das erzählt«, fügte er schnell hinzu.
Zu schnell, dachte Sophie.
»Weiter nichts?«
Stephan schüttelte den Kopf.
»Alle Zufälle sind letztlich erklärbar!«
Stephan nickte. »Das hat schon Leibniz behauptet.«
Sophie nickte. Jetzt hatte Stephan sie auf dem falschen Fuß erwischt. Wäre sie doch auf dieses Internat gegangen, dann wüßte sie jetzt, wer Leibniz war. Aber so erinnerte sie der Name nur an Gebäck oder sonst ein Nahrungsmittel.
»Wohin jetzt?« fragte Stephan und schaute ihr zum erstenmal wieder ins Gesicht. Er mußte es gefühlt

haben, daß sie verunsichert war und daß sie ihn zumindest vorläufig in Ruhe lassen würde.
»Kennst du die Friedhöfe hier in Hamburg?«
Stephan zuckte zusammen. Beinahe wäre ihm das Sargbukett aus den Händen gerutscht.
»Wollen Sie auf eine Beerdigung?« fragte er stokkend.
»Wir sind doch dafür ausgerüstet. Oder?«
Stephan starrte auf die eingepackten Blumen und schüttelte den Kopf. Er ist verwirrt, dachte Sophie, und das Mißtrauen stieg wieder in ihr hoch.
»Ich mag Friedhöfe nicht«, murmelte Stephan.
»So? Du magst Friedhöfe nicht? Das ist eigenartig. Friedhöfe sind doch nur dann bedrückend, wenn dort ein geliebter Mensch liegt. Oder wenn man selbst nicht mehr lange zu leben hat. Du aber bist doch noch zu jung!«
Stephan preßte die Lippen zusammen. Sophie schüttelte den Kopf, immer wieder, bis das kecke Hütchen ganz schräg auf ihrem Kopf saß. Sie schien es nicht zu bemerken. Als ob sie einen Gedanken verscheuchen müßte, der sie bedrängte.
»Trotzdem!« sagte sie endlich und rückte ihren Hut wieder zurecht.
Er schaute sie fragend an. Mit einemmal wurden sich beide ihrer komischen Situation bewußt: ein ungleiches Paar mit einem Sargbukettt, das er wie ein Taufkissen auf den Händen hielt. Sie lachten gleichzeitig los, kurz, laut. Die Passanten drehten sich nach

ihnen um. Sophies Mißtrauen war wieder verflogen.
»Sie haben einen netten Mann«, sagte Stephan endlich und drehte den Kopf zu ihr.
Sophie schaute ihn fragend an. Wie er das jetzt wohl meinte? Oder wollte er einfach wieder gut Wetter machen, sie vom Gang auf den Friedhof ablenken?
»Er war lange in Italien, nicht wahr?«
Eugen hatte also geplaudert!
»Er war Fabrikbesitzer!« sagte Sophie schnell und beiläufig. Aber trotzdem schwang Stolz in ihrer Stimme mit.
»Haben Sie ihn in Italien kennengelernt?«
Sophie zögerte. Sie hatte Eugen wirklich in Italien kennengelernt, aber nicht in Bergamo, wo seine Fabrik gestanden hatte, sondern viel später in ihren Badeferien in Viareggio, die sie mit Luise dort verbracht hatte. Dort war der kleine rundliche und joviale Mann zum erstenmal in ihrem Leben aufgetaucht, und der Zufall, den es nach dem mysteriösen Herrn Leibniz nicht geben sollte, hatte ihn an den Nachbartisch plaziert.
Sie waren ins Gespräch gekommen, und dabei hatte Luise ein Stück Biographie aus dem arglosen, alleinstehenden Mann herausgeschmeichelt, seine Vergangenheit als Fabrikbesitzer, seine ungefähren Vermögensverhältnisse, seine kinderlose Ehe mit einer Frau, die schon eine Weile tot war, und seine Absicht, wieder zurück nach Deutschland zu gehen.

Als die Ferien zu Ende waren, war der Entschluß gefaßt: »Der und kein anderer!« hatte Luise entschlossen gesagt. »Der Mann hat Geld. Der Mann ist harmlos. Der Mann hat Manieren. Und der Mann garantiert dir, daß du das Haus, diesen letzten Teil deines Erbes, nicht auch noch verkaufen mußt!«
Und als Sophie zögerte, warum sie denn dieses Opfer auf sich nehmen sollte, hatte Luise hinzugefügt: »Das bist du deiner Mutter schuldig!«
Ausgerechnet Luise hatte das gesagt. Aber sie hatte recht. Sie war es ihren Eltern schuldig. Heirat war ein legales Mittel, das zu bewahren, was einem die Eltern überantwortet hatten. Nur – die Liebe fehlte. Aber die konnte sich ja noch einstellen!
»Warum heiratest *du* ihn nicht?« hatte Sophie in einem letzten schwachen Versuch eingewendet.
»Ist es dein Haus oder mein Haus?« hatte Luise gekontert.
Das war ein triftiges Argument, auch wenn sie als Mitbewohnerin keine Miete zahlte. Ein anderes Argument war stichhaltiger. Luise war zu groß für Eugen. Sie hätten ein ungleiches Paar abgegeben.
Und zwei Monate später war es dann soweit gewesen: Sophie heiratete in Weiß. Eugen mobilisierte für diesen Tag noch einmal all seinen in Italien anerzogenen Charme, war witzig, zugewandt, glücklich. Von da an aber begann sein langsamer Zerfall.
»Ja, in Italien«, sagte Sophie endlich, als Stephan gar keine Antwort mehr erwartete. »Ruf mal an!« fügte

sie unvermittelt hinzu und fegte alle Erinnerungen mit einem Schlag hinweg.

»Anrufen? Wen?«

»Die Friedhofsverwaltung.«

Der Verkehr rauschte an dem ungleichen Paar vorüber, das wie auf einer kleinen Insel mitten auf dem Trottoir stand. Stephan hatte das Sargbukett wieder in seine ursprüngliche Position gebracht, der silberne Motorradhelm baumelte an seinem Unterarm. Sophie stand ihm lächelnd gegenüber. Trotz Hut reichte sie ihm nur gerade bis zur Schulter.

»Die Friedhofsverwaltung? Und was soll ich da fragen?«

»Wann und wo heute nachmittag Beerdigungen stattfinden.«

»Ich hasse Beerdigungen!«

»Du mußt es nicht umsonst tun, Stephan. Ich zahle! Zehn Mark!«

»Zehn Mark für einen Anruf? Warum rufen Sie nicht selber an?«

»Es gibt Dinge, die man gerne delegiert! Weil sie einem unangenehm sind! Das kennst du doch!«

Sie schaute ihn scharf an, und Stephan wurde rot. Aber er schüttelte den Kopf.

»Ich zahle Gruselzulage. Zwanzig Mark!«

Stephan schüttelte das Blumenpaket wie ein brüllendes Kind.

»Es gruselt mich nicht auf Friedhöfen! Es bedrückt mich!«

»Also zahle ich Trauerzulage«, antwortete Sophie ungerührt. »Und zudem kannst du dich nicht einfach so billig aus der Affäre ziehen!«
Stephan drückte ihr wortlos die Blumen in die Hände und drehte sich auf dem Absatz um.
»Moment noch«, sagte Sophie und versuchte, ihn an der Schulter zu packen.
»Was denn noch?« Nun wurde Stephan ungeduldig.
Sophie öffnete ihre Tasche und suchte etwas. Endlich reichte sie ihm eine kleine Karte.
»Ball Paradox?« fragte Stephan, als er den Aufdruck gelesen hatte.
»Café Keese, ja. Ball der einsamen Herzen. Sieh mich nicht mit so großen Augen an. Das ist nichts als eine Werbung.«
Stephan begutachtete die Karte erneut.
»Richtig«, fügte Sophie hinzu. »Eine Telefonkarte ist das. Und die Werbung habe ich nicht ausgesucht.«
»Ich besitze dreißig Pfennig zum Telefonieren.«
»Die werden nur nicht reichen.«
»Wieso nicht?«
»Weil es sich hier nicht um *eine* Friedhofsverwaltung handelt, sondern um ... Ja, rate doch mal, wie viele Friedhöfe Hamburg hat.«
»Alle Friedhöfe soll ich anrufen?«
»Es wird dir nichts anderes übrigbleiben«, gestand Sophie.
Stephan nahm die Telefonkarte, drehte sich um und

ging, ohne nach links oder rechts zu schauen, über die Straße zu den Telefonkabinen hinüber.

»Fünfundzwanzig«, rief Sophie hinter ihm her.

Ein Taxifahrer trat im selben Moment auf die Bremse, Reifen quietschten, und Stephan blieb, wie vom Blitz getroffen, auf der Straße stehen. Der Taxifahrer tobte vor Wut.

»Nächstes Mal treffen wir uns auf dem Friedhof!«

»Fragt sich nur, auf welchem«, murmelte Stephan und schwankte weiter.

Sophie, das Grabgebinde in den Händen, stellte sich bereits vor, wie sie neben dem blassen Jüngling kniete und ihm die Nelken auf die Brust legen würde.

Was für ein Bild! Und aus wallenden Nebeln schälte sich das junge und ernste Gesicht ihrer unerfüllten Liebe, und sie wurde sich erst in diesem Augenblick bewußt, wie sehr Stephan ihrem Geliebten von damals ähnlich sah, Lothar, dem Zahnarzt aus Konstanz.

Inzwischen war Stephan bereits in einer der Telefonkabinen verschwunden. Mit Befriedigung sah Sophie, wie sich eine dicke schwarze Wolke in den blauen Himmel geschoben hatte und mit bedrohlicher Geschwindigkeit der Sonne näherte.

Es war nicht nur der Triumph, daß sie den Schirm, das Erbstück ihrer Mutter, nicht umsonst mitgenommen hatte, sondern auch der befriedigende Gedanke, daß der Himmel anscheinend eine adäquate Beerdigungsszenerie aufzubauen gedachte, so, wie sie sie sich selbst wünschte, wenn der Tag dann für sie gekommen war.

»Wenn ich einmal abtrete, meine Liebe«, pflegte sie zu Luise zu sagen, »dann mit Pauken und Trompeten. Dann soll's donnern! Und dann genügt mir das Grollen der Orgel nicht. Dann will ich Celli, Fagotte und Kesselpauken. Und sterben will ich so gegen den Herbst hin, wenn die Blumen am schönsten sind und am intensivsten blühen und duften. Ich will nur Blumen! Keinen Lorbeer und kein Tannenreisig! Und wenn ich in diesem Blumenmeer ersticken sollte!«

»Sofern du dann nicht bereits tot bist.«

Den Einwand ihrer Freundin überhörte sie jedesmal.

Ein fernes Donnergrollen begleitete ihre Gedanken. Es war Juli, und demzufolge würde sie den heutigen Tag überleben. Man stirbt dann, wenn man es selber für passend hält und wenn die Natur das angemessene Blumenangebot bereithält. Das jedenfalls war ihre Philosophie. Der Tod kam nicht zufällig. Darin mußte sie besagtem Herrn Leibniz recht geben.

5

»Es finden heute nachmittag nur noch zwei Beerdigungen statt. Heute vormittag war Hochbetrieb.«

Stephan hatte ihr das Sargbukett wieder abgenommen. Er schwitzte in seiner Motorradkluft, und sie

dachte, daß dieses Outfit langsam zum Thema gemacht werden mußte.
»Den Vormittag können wir vergessen«, brummte sie.
»Wo finden die beiden Beerdigungen statt?«
»Ohlsdorf, was natürlich nahe liegt. Und in Nienstedten.«
»Und wann?«
»In einer halben Stunde in Ohlsdorf. Und um halb fünf ist dann die andere Beerdigung.«
»Dann los, mein Freund!«
»Was? Sie wollen wirklich –?«
»Ich will wissen, für wen dieses Blumengebinde bestimmt war!«
»Ach so.«
Stephans Stimme war nicht zu entnehmen, ob er erleichtert oder besorgt war. »Es ist zu spät. Wir schaffen es nicht so schnell nach Ohlsdorf.«
Jetzt klang seine Stimme hoffnungsvoll.
»Wozu hast du ein Motorrad?«
Stephan schaute Sophie mit aufgerissenen Augen an. »Wie käme ich dazu?«
»Hör auf zu flunkern, mein Lieber. Du trägst einen Motorradanzug, also hast du auch ein Motorrad. Soviel Logik mußt du mir immerhin zutrauen!«
»Sie wollen sich wirklich auf mein Motorrad setzen?«
Sein Blick wanderte von der Feder an ihrem Hut über ihren schmächtigen Körper hinunter zu den kurzen Beinen.

»Ich weiß nicht«, murmelte er endlich zögernd.
»Was weißt du nicht? Ob meine Beine zu kurz sind, um mich halbwegs anständig auf deinen Feuerstuhl zu schwingen?«
»Der Rock!« stammelte er.
»Den schürz ich oder den rock ich eben, um im Bild zu bleiben. Was soll's! Ich kann doch meine Beine alleweil noch zeigen.«
»Und wenn mein Motorrad kaputt ist?«
»Dann beschaff dir ein anderes! Du entkommst mir nicht! Oder schämst du dich, mit einer kurzbeinigen Alten auf dem Sozius durch die Gegend zu kurven, Stephan?«
Sie betonte seinen Namen mehr als nötig. Es wäre ja möglich, daß er gar nicht Stephan hieß, daß er sich jetzt einfach davonmachte und sie mit dem Sargbukett stehenließ. Er hatte etwas zu verbergen, gleichzeitig war da aber auch etwas, was ihn an sie band. Und deshalb würde er zurückkommen.
»Ich warte hier wie angewachsen. In zehn Minuten bist du samt Motorrad zurück! Sonst trifft dich der Blitz, so wahr ich hier stehe!«
Sie konnte von seinen Augen nicht mehr ablesen, ob er ihr glaubte oder nicht, denn er hatte ihr mit einer hastigen Bewegung die Blumen wieder zurückgegeben, hatte sich umgedreht und stapfte auch schon entschlossen durch die Phalanx der Touristen, die sich vor den Anlagen zur Hafenrundfahrt einfanden. Mit den Ellbogen, in deren einer Beuge der Helm bau-

melte, weit ausgefahren, hielt Stephan sich alles vom Leib, was ihn auf seiner Flucht vor der unheimlichen Alten hätte behindern können. Als ob der Leibhaftige hinter ihm her sei! An der nächsten Straßenecke blieb er unvermittelt stehen, drehte sich um und warf Sophie einen forschenden Blick zu.
»Daß du zurückkommst! Ich werde dich finden! Mit Hilfe des Herrn Leibniz!«
Sie artikulierte so übertrieben, daß er die Worte von ihren Lippen ablesen konnte. Plötzlich lag ein befreiendes Lachen auf seinem Gesicht. Sie hob das Blumenkissen in die Höhe und schaukelte es wie ein Kind hin und her.
Stephan hob andeutungsweise die Hand mit spitzem Zeigefinger auf Kopfhöhe, ließ sie dann aber schnell wieder sinken, ohne ihr den Vogel wirklich gezeigt zu haben.
»Ciao, Bello«, flüsterte Sophie und war froh, daß er diese Silben nicht von ihren Lippen ablesen konnte.
Als Stephan nicht mehr zu sehen war, überquerte Sophie vorsichtig die Straße und verschwand in eine Telefonzelle.
»Nein, Eugen ist noch nicht zurückgekommen. Wo bist du?«
»Ich fahre zu einer Beerdigung.«
»Zu einer Beerdigung? Wessen Beerdigung?« fragte Luise beunruhigt.
Sophie schaute vorsichtig über ihre Schulter. Eine Si-

tuation wie im Fernsehen. Da spricht jemand über ein Verbrechen, und schon steht der Mörder hinter ihm, drückt ein-, zweimal ab, und das war es dann auch schon.
Nächste Einstellung: ein baumelnder Telefonhörer über einer auf dem Boden der Zelle zusammengesunkenen Leiche. Und ganz schwach eine aufgeregte Stimme aus dem Hörer.
»Hallo, hallo...«
»Natürlich bin ich noch dran! Warum schreist du dauernd ›Hallo‹?«
»Dein Atem klang so – schwer.«
»Ich melde mich wieder! Ende!«
Sophie hängte ein, krallte sich das Nelkengebinde und zwängte sich aus der Kabine. Sie freute sich, daß sie Luise hatte in Unruhe versetzen können, eine kleine Rache für ihr oft allzu autoritäres Benehmen.

6

Stephan kam wirklich zurück!
Er kam nicht einfach so, er rollte majestätisch an. Sophie hatte ihn schon von weitem aus Richtung Baumwall heranfahren sehen. Hoch aufgerichtet saß er da, ein moderner Ritter, den silbernen Helm auf dem Kopf, und Sophie war bereit, ihm alles zu verzeihen.
Beinahe alles! Bis auf Verrat oder Feigheit.

Es war, als ob der Verkehr ins Stocken geraten sei, als ob sich um das königliche Gefährt eine Art Vakuum gebildet habe, eine Glasglocke, unter der der Edle, unberührt von der Welt, die ihn umgab, auf sie zurollte. Die gewaltige Harley Davidson röhrte, orgelte, gurgelte. Sie gab all die Laute von sich, die Sophie in ihrer Phantasie gespeichert hatte, die sie aus der Lektüre der Lesezirkel-Romane abgezogen, in Fernsehfilmen registriert, in Chansons eines schmuddeligen Herrn Gainsbourg gehört hatte.
Was für eine erotische Kutsche, dachte Sophie mit schlechtem Gewissen. Motorräder waren immer außerhalb jener Kategorie von Fortbewegungsmitteln gewesen, die ihre Mutter für sie aufgestellt hatte. Dazu hatten Cabriolets gehört, schnittige Sportwagen oder schwarzglänzende Limousinen mit dem Mercedes-Stern. Oder Flugzeuge, Passagierdampfer, Schnellzüge.
Aber keine Motorräder.
Stephan zähmte seine Harley am Hafentor gegenüber den Landungsbrücken, kam genau neben Sophie zum Stillstand. Er spreizte seine Beine und hielt die jetzt sanft Schnurrende in labilem Gleichgewicht.
»Klasse!« sagte Sophie leise und zog nach einem vorsichtigen Blick in die Runde ihren Rock bis zu den Knien hoch. Sie hob probeweise ihr linkes Bein, um es mit möglichst viel Eleganz über den Sattel zu schwingen, hielt aber dann in ihren Bewegungen plötzlich inne. Die Erinnerung an ihre sittenstrenge Mutter und

die Gaffer, die sich mittlerweile um die Harley Davidson versammelt hatten, hinderten sie vorläufig am Aufsitzen.
»Los, Oma!« rief ihr der Ritter über die rechte Schulter zu. Er hatte das Visier hochgeklappt und wandte sich ihr lachend zu. Seine strahlendweißen Zähne blitzten.
»Ich bin nicht deine Oma«, zischte Sophie wütend und spreizte ihre Beine ein zweites Mal, jetzt mit voller Entschlossenheit. Sie hatte den grellroten Motorradhelm, der auf dem Rücksitz befestigt war, übergestülpt, nachdem sie ihren Federhut abgenommen und vorsichtig in die geöffnete Tasche gelegt hatte. So maskiert fühlte sie sich unangreifbar.
Und schon saß sie oben. Ihr zu enger Rock war bis zur Mitte ihrer Oberschenkel gerutscht, und sie deckte die Blöße blitzschnell mit ihrer Tasche zu. Die Umstehenden applaudierten.
Zögernd, dann mit wilder Entschlossenheit packte Sophie den silbernen Ritter um den ledernen Bauch, und als die Maschine mit einem kleinen Satz ihre Kräfte zu entfalten begann und auf die Fahrbahn schoß, überrieselte Sophie ein Gefühl, wie sie es bisher nicht gekannt hatte.
»Spürst du die Vibration, Oma?«
Ein gleißender Blitz fuhr durch den jetzt stahlgrauen Himmel. Das war die passende Szenerie. Ihr Wohlbefinden erfuhr eine erneute Steigerung, doch innerlich betete sie, daß vom Donner und fahlen Wetterleuch-

ten noch etwas für das zu erwartende Begräbnis übrigbleiben würde.
Die Welt hatte noch Überraschungen in Reserve!
»Mein Gott, ist das riesig hier«, nörgelte Stephan, als er seine Harley durch das Portal des Ohlsdorfer Friedhofs rollen ließ. »Wo müssen wir denn nun langfahren?«
»Weiß ich doch nicht. Oder denkst du vielleicht, ich hätte Zeit gehabt, mich hier einmal in Ruhe umzusehen?«
Stephan grinste.
»Hat die Frau nichts Genaueres gesagt?«
»Welche Frau?«
»Die Frau von der Friedhofsverwaltung.«
»Das war ein Mann.«
Sophie rollte mit den Augen.
»Doch, ich weiß«, fiel es Stephan plötzlich wieder ein. »Kapelle vier, hat er gesagt.«
»Also los, rechts lang. Da ist ein Schild.«
»Schön festhalten«, ermahnte Stephan, als er in eine Seitenstraße mit Kopfsteinpflaster bog.
Sie kamen gerade noch rechtzeitig, um den Schluß der schäbigen Zeremonie mitzuerleben, in der Melchior Faßbender von dieser Welt verabschiedet wurde. Nicht daß er auf Sophie gewartet hätte, die sich gerade bemühte, möglichst elegant von diesem Ungetüm von einem Fahrzeug herunterzusteigen, denn er war bereits unter dem Boden, und die paar Leute, die Sophie langsam entgegenkamen, nahmen keine Notiz

von ihr. Sie waren mit ihrem eigenen verglimmenden Leben und mit den Gedanken an den seligen Melchior Faßbender beschäftigt, der sich aus ihrer Mitte davongestohlen hatte. Das erfuhr Sophie am frischen Grab von der einzigen, noch halbwegs robusten Grabgängerin, unter deren grauem Regenmantel eine gestärkte weiße Schürze hervorleuchtete. Sie hatte sich über den einzigen Kranz gebeugt, der Faßbenders letzte Ruhestätte schmückte und auf dessen schwarzer Schleife in goldenen Buchstaben ein letzter Gruß von seinen Mitinsassen des Barmbecker Altenwohnheims »Abendsonne« gestanzt war.

»Hatte Herr Faßbender Verwandte?« fragte Sophie aufs Geratewohl.

Die Frau hatte viele geplatzte Äderchen auf ihren prallen Wangen. Ihre Kleider rochen nach Lavendel. Sie schaute die kleine Alte, die mit ihrem feuerroten Helm auf dem Kopf vor ihr stand, erstaunt an.

»Faßbender?« Sie schüttelte den Kopf. »Er ist Stehgeiger gewesen. Oder so ähnlich. Ein Fahrender sozusagen. Der hatte niemanden außer denen da!«

Sie zeigte auf die gebückten Gestalten, die im Gänsemarsch zwischen den Gräbern davonhinkten.

»Ein fahrender Stehgeiger!« murmelte Sophie höhnisch.

»Fehlanzeige!« sagte sie laut und drehte sich auf dem Absatz um.

»Sind Sie eine Verwandte des seligen Melchior?« rief ihr die Frau nach.

»Sehe ich aus, als ob ich einer Familie von Stehgeigern entsprungen sei?« Sophie war empört.
»Eher einer Familie von Motorradrennfahrern!« grinste die Frau.
Sophie griff sich erschrocken an die Stirn, betastete die glatte Oberfläche des Helms, schüttelte beschämt den Kopf, drehte sich um und ging gemessenen Schrittes davon. Jetzt nur nicht eingestehen, wie lächerlich ihr Aufzug auf andere wirken mochte!
»Los, Kumpel!« zischte sie Stephan ins Ohr, als sie sich, diesmal geschickter als beim erstenmal, hinter ihm auf den Sozius geschwungen hatte. Sie schnüffelte. Der Ledergeruch seiner Jacke, vermischt mit Schweiß, stieg ihr in die Nase. Sie hatte sich bereits daran gewöhnt, auch daran, daß ihre Hände seine Hüften umklammerten.
»Weiter?«
»Ja, nach Nienstedten. Wir haben eine Viertelstunde Zeit.«
»Um einmal quer durch Hamburg zu brettern«, ergänzte Stephan eher kleinlaut.
»Ist sowieso meine Richtung. Also, gib deinem Pferd die Sporen, Junge.«
Die Harley schoß mit einem gewaltigen Satz auf die Straße, so daß Sophies Kopf brutal nach hinten gerissen wurde. Aber dann war da auch schon wieder dieses vertraute Röhren und Beben, das aus den Tiefen der metallischen Eingeweide der Maschine zu steigen schien.

Sie begann vor sich hin zu singen. »Freude schöner Götterfunken ...« sang sie, leise zuerst, dann immer lauter. Dabei dachte sie an das traurige Ende des Stehgeigers und war überzeugt, daß diese späte Begegnung ihrem Leben noch einmal nützlich sein würde.
»Wir fahren zu einem Begräbnis und nicht in den Himmel, Oma!« schrie Stephan über seine rechte Schulter.
»Mitsingen!« befahl Sophie und krallte ihre Finger fester in seine Jacke.

7

Die ersten dicken Tropfen fielen, als sie die Elbchaussee entlang in Richtung Nienstedten brausten. Sophie hatte sich hinter Stephans Rücken ganz klein gemacht. Sie fühlte sich zwar einerseits etwas unbehaglich, kam sich vor wie ein Rucksack, ein Stück Ballast, andererseits aber genoß sie es, daß sie für einmal weder ihren vergeßlichen Mann zu bemuttern noch ihre rechthaberische Freundin neben sich hatte, sondern daß sie von einem Ritter mit silbernem Helm dirigiert wurde. Und an diesem Bild hielt sie gern fest.
Hinzu kam ein wohliges Gefühl, das sich in ihrem Kopf auszubreiten begann. Sie hatte das Visier ihres Compact-Helms heruntergeklappt, nahm die Geräusche ihrer Umgebung nur noch gedämpft wie durch

Watte wahr, hatte sich gleichsam mit ihrem ganzen Körper in diesen eingepackten Kopf zurückgezogen, war nur noch Kopf, ein Gebilde aus Gefühl und Geist, in das von ganz weit her das Plop der aufklatschenden Regentropfen wie Signale aus einer andern, fernen Welt drang.

»Anhalten! Hier sind wir richtig.«

Stephan fuhr rechts an den Straßenrand, und Sophie stieg aufgeregt vom Rücksitz. Sie ließ ihre Blicke über die schwarzglänzenden Luxusautos wandern, die hintereinander in einer geraden Reihe parkten und einen nicht unbeträchtlichen Teil der Elbchaussee versperrten.

»Aber das hier scheint doch eher so etwas wie der Hintereingang zu sein«, sagte Stephan, der noch immer mit gespreizten Beinen über seiner Harley stand, während Sophie, jetzt ihren feuerroten Helm, von dem sie sich nicht mehr trennen mochte, in der Ellbogenbeuge die Autos genauer inspizierte.

»Mercedes, BMW, Pontiac, Jaguar, Lancia und ein Bentley«, murmelte sie anerkennend. Dieses Luxusgefühl hatte sich in ihrem langen Leben nie erfüllt. Die Wirtschaftskrise und der Krieg hatten ihre Familie aus dem Kreis der Wohlhabenden vertrieben, und da es ihren Eltern an Cleverneß und Geschäftssinn gefehlt hatte, waren sie auch nie mehr dahin zurückgekehrt.

»Wir sind eben keine Neureichen, nur Altarme«, pflegte ihr Vater zu sagen, wenn die Rede auf Reich-

tum kam, und goß sich gleichzeitig sein Weinglas wieder voll.
Der Chauffeur des Bentley musterte sie unter dem Rand seiner Schirmmütze hervor.
»Und?«
»Das ist unser Begräbnis. Verstehst du denn nicht?«
»Nein. Warum ist das *unser* Begräbnis?«
»Das meine ich nicht wörtlich. Das ist eben das Begräbnis, bei dem alles zusammenpaßt. Nicht wie bei dem Stehgeiger! Da hätte keiner daran gedacht, ein Sargbukett mitzubringen! Zu ärmlich war die Sache. Aber hier! Betuchte Trauergäste. Sie benutzen den Hintereingang, als traute sich keiner nach vorn. Wir werden das Puzzle schon so zusammensetzen, daß es am Ende paßt.«
Stephan bockte seine Maschine auf und legte seinen silbernen Helm vorn auf den Benzintank. Er sah plötzlich wieder sehr jung und bekümmert aus, und Sophies warmes Gefühl von Geborgenheit machte auch gleich wieder dem unterdrückten Mutterinstinkt Platz. Sie entledigte sich nachdenklich ihres Helms. Wie wäre es, wenn sie sich eine solche Kopfbedeckung kaufen würde, für zu Hause, für Augenblicke, in denen ihre Umgebung sie nervte, wenn Eugen immer wieder dieselben Fragen stellte und Luise sie mit ihren giftigen Bemerkungen löcherte? Dann würde sie ganz einfach diesen Helm aufsetzen, das Visier herunterklappen und in ihrem Kopf drin ganz mit sich allein sein.

»Nimm die Nelken!« befahl sie und bereute gleich wieder den barschen Ton, den sie angeschlagen hatte. Aber Stephan schien es gar nicht bemerkt zu haben. Wortlos griff er nach dem Paket und folgte ihr wie ein Butler, als sie, so majestätisch, wie es ihre kurzen Beine erlaubten, durch das Friedhofsportal schritt.
Sophie ging rasch zwischen den Gräbern hindurch, die an ein saftig grün überwuchertes Labyrinth erinnerten. Stephan stapfte unschlüssig hinter ihr her. Von einer Friedhofskapelle war im Dickicht der Bepflanzungen nichts zu sehen, obwohl sie bereits die Klänge der Orgel hörten. Aber da tauchte dann die Kapelle unvermittelt vor ihnen auf. Die ersten Trauergäste wurden gerade von der feierlichen Musik durch die geöffnete Tür ins Freie geschoben. Schwarz gekleidet, wirkten sie auf Sophie wie unbarmherzige Holzschnitzfiguren. Nein, aus diesen Gesichtern war nirgends echte Trauer oder Betroffenheit abzulesen, nichts als Teilnahmslosigkeit und Erleichterung darüber, daß jetzt nur noch der Gang zum offenen Grab zu überstehen war.
Man stand schweigend in kleinen Gruppen in dem Rondell, das sich um die kleine Kapelle zog. Sophie und Stephan beobachteten die Szenerie in angemessenem Abstand. Einzelne hatten schwarze Schirme aufgespannt, obwohl es kaum mehr regnete. Es war wohl eher der Versuch, sich in den Schatten zu flüchten, den andern nicht das Gesicht zeigen zu müssen. So mindestens kam es Sophie vor. Da nisteten Mißtrauen und

Boshaftigkeit, Neid und Haß. Ein langer Dürrer beobachtete den kleinen Glatzkopf, der soeben die Kapelle verließ und irritiert blinzelte, als ihn die Helligkeit des Tages packte. Die üppige Blondine an seiner Seite zeigte ein schiefes Lächeln. Der jüngere Mann, dessen Kopf zwischen den beiden auftauchte, hatte die Zähne fest zusammengebissen. Nur seine Kinnmuskulatur bewegte sich. Und die Alte, die neben ihm ging, ließ ihre Vogelaugen überall herumwandern.

Weit weg grollte der Donner. Das Gewitter hatte sich verzogen, aber es blieb schwül. Die Luft war nicht frisch und rein wie sonst nach sommerlichen Regengüssen. Das große Gewitter stand noch bevor.

Sophie und Stephan schlossen sich dem stummen Trauerzug an, der sich langsam formierte und unter Führung eines jungen Pfarrers dem ausgehobenen Grab zustrebte, dorthin, wo die für Sophie vorläufig anonyme Leiche bereits wartete. Sophie beobachtete die Gesichter der Trauernden und stellte fest, daß keiner direkt hinter dem Pfarrer gehen wollte, sah das tapsige Ballett, wenn durch einen schnellen Sidestep dem andern der Vortritt gelassen werden sollte und scheinbar galante Handbewegungen Höflichkeit vortäuschten. Das war ein Begräbnis nach ihrem Geschmack! Der Schmuck, der an den Handgelenken der Frauen klirrte, die dicken Ringe an den Fingern der Männer, die Frisuren, die italienischen Schuhe erster Qualität, die allerdings der vom Regen aufgeweichten Erde kaum gewachsen waren. Da türmten sich Kränze, ballten sich Blumensträuße zu bunten Haufen und blitzten silberne und goldene Schriftzüge auf den Kranzschleifen im Strahl der hervorbrechenden Sonne.

Bertram Senger!

Dies war sein Name, und er wurde jetzt auch vom Pfarrer in sein Gebet eingeschlossen, bevor die Trauernden einzeln an das offene Grab traten und mit einer kleinen Schaufel ein wenig Erde hineinschütteten. Sophie lauschte und stellte sich vor, wie der Tote dort unten das Geräusch der Erdklümpchen, die auf sein letztes Gehäuse kollerten, genauso mitbekommen würde, wie sie, eingepackt in den Motorradhelm, die Regentropfen gehört hatte.

Da gibt es keine Witwe, dachte sie. Keine der Frauen trat zuerst ans Grab und schaute, den Kopf gesenkt, die Hände gefaltet, schluchzend hinein und nahm dann die geflüsterten Beileidsbezeugungen der Traugäste entgegen. Da waren vor allem Männer im besten Alter, die ihre Pflicht erledigten und die Schaufel mit gespielter Würde bedienten. Erst dann schütteten ein paar wenige Frauen, darunter die Blondine und die Frau mit den Vogelaugen, Erde in die Grube.

Senger hatte keine wirklichen Freunde, das war unschwer festzustellen. Aber hatte er auch Feinde?

Als niemand mehr übrigblieb, der den Toten mit Erde bedecken wollte, der Pfarrer den Segen gesprochen

hatte und sich erleichtert abwenden wollte, packte Sophie ihren Begleiter am Arm.
»Jetzt! Geh zum Grab und laß die Nelken hineinfallen!« flüsterte sie ihm ins Ohr.
Stephan schaute sie verwirrt von der Seite an, nickte unmerklich, einen ergebenen Ausdruck im Gesicht, wie ihr vorkam, und schritt dann ruhig und gemessen auf das Grab zu, wickelte hörbar das Bukett aus dem Papier, beugte sich vor, hielt es einen scheinbar unendlichen Augenblick lang über der offenen Grube, betrachtete das kunstvolle Arrangement nachdenklich und mit der gebührenden Trauer im Gesicht und ließ es dann vorsichtig fallen.
Die Trauergäste, die sich zum Gehen gewandt hatten, erstarrten. Sophie nahm es erleichtert zur Kenntnis, auch wenn nicht klarwurde, ob der unterdrückte Schrei der Blondine oder Stephans überzeugende Vorstellung den Ausschlag gegeben hatte. Der Effekt jedenfalls war befriedigend. Sophie registrierte da ein nervöses Flattern der Augenlider, dort ein Zucken der Mundwinkel und sah, als sich die Erstarrung zu lösen schien, wie sich Hände in den Hosen- und Manteltaschen versteckten, wie Frauen den Griff ihrer Handtasche fester umklammerten und ihre Fingerknöchel weiß wurden.
Was ging in diesen Menschen vor?
Sophie nickte mit traurigem Lächeln in die Runde. Sie hatte festgestellt, daß sich mit einemmal, wie auf Kommando, alle Augen auf sie richteten. Aber da war

niemand, der ihren fragenden Blick aufnahm, denn in dem Augenblick fuhr überraschend ein gewaltiger Blitz nieder, gleich darauf krachte der Donner, und die Trauernden stoben unter dem einsetzenden prasselnden Gewitterregen fluchtartig auseinander und hetzten wie in wilder Panik auf den schmalen Wegen zwischen den Gräbern dem Ausgang zu.
Nur Sophie und Stephan waren zurückgeblieben. Sophies Löckchen pappten am Kopf, und Stephans Strähnen hingen wie Lianen herunter.
»Was für ein grandioser Abgang!« sagte Sophie und zeigte auf die letzten naßglänzenden Rücken und Schirme, die zwischen den Zypressen verschwanden.
»Es war das Gewitter!« murmelte Stephan und schüttelte sich wie ein nasser Hund.
»Wer weiß! Das Gewitter war nur die dramatische Krönung der Szene. Und den meisten Trauergästen kam es wie gewünscht.«
»Was erwarten Sie, Oma? Was suchen Sie?«
»Was? Wen? Ich suche einen Mörder. Oder eine Mörderin! Oder eine ganze Gesellschaft von Mördern.«
Sophies Stimme klang metallen, unbarmherzig. So hoffte sie wenigstens. Einen Augenblick lang kam sie sich wie ein rächender Erzengel vor, wenn auch etwas zu kurz geraten. Zudem war hier nicht das Paradies, und wahrscheinlich nicht einmal die Pforte dazu, dachte sie.
»Sind Sie eine Verwandte des Toten?«
Ein Mann, dessen Gesicht unter einem leicht nach

vorn gekippten Schirm verborgen war, hatte sich den beiden genähert. Aber er war nicht aus der Richtung gekommen, in die die anderen geflohen waren, sondern aus ihrem Rücken aufgetaucht. Wahrscheinlich hatte er hinter einem der monumentalen Grabsteine gewartet, bis alles vorbei war.

Sophie bemerkte, wie Stephan die mit matschiger Erde verschmierten Lackschuhe des Unbekannten anstarrte.

»Ich liebe Friedhöfe. Ich liebe vor allem Nelken!« antwortete Sophie endlich und tat einen energischen Schritt auf den Mann zu, um ihm ins Gesicht zu schauen. Aber dieser kippte blitzschnell seinen Schirm noch weiter nach vorn. Wasser schoß gefächert herab, und gleich darauf kam eine Hand auf Sophie zu, zwischen deren Zeigefinger und Daumen ein beschriebenes Kärtchen steckte. Sophie griff zu, die Hand verschwand in der Tasche des Regenmantels, und der Mann wandte sich stumm ab und tauchte in den Schatten eines ausladenden Laubbaumes ein.

»Verdammt!« flüsterte Stephan endlich, nachdem er der davonschreitenden Gestalt nachgeschaut hatte.

»Verdammt was?« fragte Sophie und wandte sich ihrem Begleiter zu.

»Ach nichts!« Stephan biß sich auf die Lippen. »Mir reicht's. Ich bin naß bis auf die Knochen.«

»Gehen wir.«

Sophie zwang sich zur Geduld. Kriminalistik ist geduldige Denkarbeit. Voreilige Schlüsse können das

Resultat der Nachforschungen in Frage stellen, sagte sie sich.
Sie steckte die handbeschriebene Karte des Fremden ein, nachdem sie einen schnellen Blick darauf geworfen hatte. Und sie fragte sich, was Stephan so aus der Fassung gebracht hatte.
»Wer trägt denn heute noch Lackschuhe zu einem Begräbnis?« fragte sie scheinbar beiläufig, als sie dem Ausgang zustrebten.
Der Regen hatte aufgehört. Kurz und heftig hatte sich der Himmel erleichtert. Und jetzt stieg dieser kaum zu definierende Geruch aus dem Boden, und er unterschied sich in nichts von den nachgewitterlichen Gerüchen, die sich auch dort ausbreiteten, wo keine Toten begraben lagen. Es roch nach warmer Erde, duftete nach Rosen und lebendiger Haut, es roch nach feuchtem Holz und dampfenden Dachziegeln.
Sophie starrte auf Stephans naßglänzenden Rücken und fragte sich, warum er ihre Frage nicht beantwortet hatte. Er ging mit weit ausholenden Schritten vor ihr her und zwang sie zu doppelter Schrittkadenz. In dem Schlamm, in den die schmalen Wege zwischen den Gräbern sich verwandelt hatten, halfen selbst ihre sonst so praktischen flachen Schuhe nichts mehr. Hier wäre das einzig Richtige gewesen, barfuß zu gehen.
»Solche Schuhe tragen nur Musiker«, sagte Stephan, wobei er abrupt stehenblieb und sich kurz umwandte. Dann ging er weiter.
Als sie wieder beim hinteren Friedhofsportal anlang-

ten, waren noch nicht alle vornehmen Autos weggefahren. Schwarze Gestalten saßen hinter beschlagenen Scheiben. Augenpaare starrten auf die alte kurzbeinige Frau und den schlaksigen jungen Mann, die beide synchron ihre Helme aufsetzten und auch gleichzeitig in parallelem Bewegungsablauf ihre verschieden langen Beine über das Motorrad schwangen. Und dann brausten die beiden auch schon davon und ließen befriedigt die mysteriöse, irritierte Gesellschaft zurück.

8

Luise thronte – wie üblich – auf dem Balkon und traute ihren Augen nicht, als die kleine Gestalt vom Rücksitz des Motorrads kletterte, dem Fahrer mit der geballten Faust dreimal auf den Helm klopfte, ihm etwas zuraunte und sich, als sie ihren grellroten Kopfschutz abnahm, als ihre Freundin entpuppte.
»Du bist wohl übergeschnappt!« rief sie ihr empört von oben zu und breitete dazu beschwörend ihre Arme aus wie der Papst zu Ostern auf dem Petersplatz. Aber ihre Worte wurden von der startenden Harley Davidson zertrümmert, und ihre Arme sanken leblos herab, während Sophie unten mit gespreizten Fingern das Victory-Zeichen in die Luft schrieb.
»Sag mal ...!«
Luise erwartete Sophie auf dem obersten Treppenab-

satz. Sie hatte ihre Arme jetzt in die Hüften gestützt, und ihre Katzenaugen funkelten gefährlich.
»Diese Vibrationen!« strahlte Sophie. »Dieses Easy-Rider-Gefühl!«
»Was für ein Gefühl?« fragte Luise perplex.
Ihre Arme sanken herab und baumelten kraftlos an ihrer Seite, als ob sie nicht zum Körper gehörten.
Sophie küßte Luise flüchtig auf beide Wangen und drängte an ihr vorbei in den Flur.
»Und das Schicksal deines Gatten interessiert dich wohl überhaupt nicht? Hast ihn wohl über diesen – Vibrationen – völlig vergessen?«
»Eugen ist hier«, antwortete Sophie beiläufig und legte ihren etwas ramponierten Federhut vorsichtig auf das Demi-Lune-Tischchen neben der Wohnungstür. Und sie fragte sich, wie sich denn hier wohl der feuerrote Motorradhelm ausgemacht hätte. Etwas gewagt!
»Woher weißt du, daß Eugen zurückgekommen ist?« fragte Luise wütend darüber, daß ihr Sophie wieder einmal einen Schritt voraus war.
»Ich kenne den Duft seiner Zigarre. Das ganze Treppenhaus riecht danach.«
»Duft!« äffte sie Luise nach. »Ein bestialischer Gestank! Wenn der Mann nicht so reich wäre, käme er mir mit diesem Kraut nicht in diese Wohnung!«
»Dieser Mann ist erstens *mein* Mann, und zweitens sind dies hier *mein* Haus und *meine* Wohnung!«
Der weiße Angorakater sprang lautlos auf das Flur-

tischchen und angelte mit ausgefahrenen Krallen nach der Hutfeder.

»Aber nur, weil du ihn geheiratet hast, konntest du dieses Haus behalten. Und geheiratet hast du ihn, weil ich dich dazu überredet habe. Also sind dies auch *meine* Wohnung und *mein* Haus!« Sophie scheuchte den Kater vom Tisch. »Du bist meine Untermieterin, Luise. Oder genauer: Wir sind beide Eugens Untermieterinnen.«

»Solange er lebt«, hielt Luise dagegen.

»Danach allerdings bist du meine Untermieterin«, grinste Sophie und tätschelte die Wange ihrer Freundin. »Wann ist er denn nach Hause gekommen?«

»Vor einer Stunde. In strömendem Regen. Ein Polizist hat ihn begleitet.«

Sophie nickte. »Hat er sich wieder mal verirrt?« Aber ihre Stimme klang uninteressiert. Sie war mit ihren Gedanken beim Begräbnis des Bertram Senger und bei ihrem jungen Begleiter.

»Er ist drei Haltestellen zu weit gefahren, und dann kannte er sich nicht mehr aus.«

»Das Übliche«, murmelte Sophie.

Sie öffnete die Wohnzimmertür. Eugen saß im ausladenden geblümten Sessel. Er hatte seine Kopfhörer aufgesetzt und starrte auf den Fernsehschirm, wo das Sandmännchen durch das Bild hoppelte.

»Er hat wieder Asche auf das Polster fallen lassen!« sagte Luise vorwurfsvoll.

»Und? Wir können die Möbel nicht mit hinübernehmen!«

Daß Eugen sich ein Möbelstück aus dem nicht gerade geschmackvollen Mobiliar, das Luise in ihre Wohngemeinschaft eingebracht hatte, angeeignet und zu seinem Privatsessel erklärt hatte, lag allein daran, daß Sophie niemals geduldet hätte, wenn sich Eugen rauchend auf einen der kostbaren Biedermeierstühle gesetzt oder sich gar wie eine Odaliske auf dem seidenbezogenen Sofa aus der Zeit des Empire gelümmelt hätte.

»Seit wann liest du Todesanzeigen?« fragte Luise und schaute kopfschüttelnd zu, als Sophie im *Hamburger Abendblatt* die Seite mit den schwarz umrandeten Ankündigungen aufschlug und gebannt darauf starrte.

Aber Sophie antwortete nicht. In ihrem langen Leben hatte sich manches verändert. Auch ihre Vorstellungen vom Alltag. Damals, als sie sich noch auf eine Zukunft mit dem gutaussehenden Zahnarzt einrichtete, hatte Hygiene an erster Stelle ihres Lebensplans gestanden. In ihrem Haushalt sollte man vom Fußboden essen können, hatte sie bei jeder Gelegenheit verkündet, und sie hatte diese Losung auch dann noch vertreten, als der Traum mit Lothar längst geplatzt war und sie sich Jahrzehnte später in einem Leben eingerichtet hatte, in dem weder Emotionen noch Hygiene eine dominierende Rolle spielten. Da war sie noch immer gleichsam mit dem Staubtuch in der Hand eingeschlafen und am Morgen wieder aufgewacht, um dann erneut ihren ewigen Kampf gegen die verschnörkelten Möbel ihres Elternhauses aufzunehmen, gegen Engelsköpfe, die aus den Buffettüren drängten, gegen den feinen Belag auf der Vitrine, in der die Kristallgläser blitzten, gegen den Staub auf den knospenden Blumen an den Stuhlbeinen, auf dem zaunartig gestalteten Aufsatz, der das Gehäuse der Standuhr krönte. Und so mußte es sich Eugen denn auch gefallen lassen, daß in diesem Haus, selbst im Winter, immer so etwas wie jene Aufbruchstimmung herrschte, die sonst anderswo nur im Frühling anzutreffen war, wenn die Putzwut unruhige Hausfrauen befiel.

Nur gegen Luises Versuche, durch Plastikbahnen die kostbaren Stoffmuster vor Flecken und Sonnenstrahlen zu schützen, wehrte sich Sophie mit Erfolg. Sie wollte ihrem ohnehin schon blasenschwachen Gatten nicht zumuten, sich auf kühle Sitzflächen zu setzen, und zudem war ein solches Ansinnen kleinbürgerlich.

Mit der Zeit aber verließen Sophie ihre Träume von blitzblanken Zahnarztpraxen und Küchen, und sie schenkte ihre Aufmerksamkeit fortan vor allem den Balkonpflanzen, den Geranien und Petunien, auch der Blumenpracht im kleinen Vorgarten und weniger der kunstvoll wuchernden Flora der ererbten antiken Möbel. Und für Eugen, der ab und zu Wein verschüttete oder Asche auf Sessel und Teppich bröseln ließ, brachen bessere Zeiten an.

»Ich hege keine Todesgedanken, ich will mich nur

informieren, wer gestorben ist und warum«, knurrte Sophie.
Ihre Blicke saugten sich an der doppelt umrandeten monumentalen Todesanzeige gleichsam fest, in der Bertram Sengers Abgang bedauert wurde. Zumindest im Tod hatte er seine ganze Umgebung an den Rand gedrängt, dachte sie. Sie las die Namen der Hinterbliebenen, prägte sich die Reihenfolge genau ein. Ihr gekrümmter Zeigefinger kratzte über die Oberfläche des Zeitungspapiers, als ob er ihm ein Geheimnis entreißen wollte. Sophie ließ dem toten Senger keine Ruhe. Sie wollte ihn aus seiner vorläufigen Anonymität herausholen.
»Kennst du den?« fragte Luise verwundert.
»Bertram Senger?«
Sophie schüttelte bedauernd den Kopf. »Noch nicht! Aber ich werde ihn kennenlernen!«
»Wenn du da nicht etwas spät dran bist...« Luise kicherte in sich hinein.
»Textilfabrikant!«
Eugen hatte die Kopfhörer abgenommen und hielt sie auf seinen Knien umklammert. Er hatte einen abwesenden Blick, aber in seinem Hirn schien es zu arbeiten. Seine Wangen leuchteten purpurrot, als ob noch mehr Äderchen geplatzt seien.
»Was sagst du da?«
Aber Eugen schüttelte den Kopf. »Ich habe nichts gesagt.«
»›Textilfabrikant‹, hast du gesagt.«

»›Textilfabrikant‹, habe ich gedacht.«
Er griff wieder nach seinen Kopfhörern, aber Sophie stand schon neben ihm und packte ihn am Ärmel seiner grauen Hausjoppe.
»Dann hast du eben laut gedacht«, sagte sie und starrte ihren Gatten, dem ihr harter Zugriff sichtlich unangenehm war, mit funkelnden Augen an. Er schüttelte sie ab und lehnte sich im Sessel zurück. Täuschte sie sich, oder war da ein listiges Blinzeln in seinen Augen zu sehen gewesen? Wieder fragte sie sich, ob sie ihren Mann nicht unterschätzte, nur weil er so verwirrt wirkte und vergeßlich war. Wenn er diese Verwirrung nur spielte, um ihre Aufmerksamkeit auf sich zu lenken? Und wenn seine Vergeßlichkeit nur vorgetäuscht war, damit er seine Ruhe hatte und machen konnte, was er wollte, wie er es in seinem langen Leben immer getan hatte? »Kennst du einen Bertram Senger?« Sophie ließ Eugen nicht aus den Augen.
»Ich möchte Königsberger Klopse zum Abendessen«, gab er zur Antwort. Seine Stimme klang ungewöhnlich hart. Luise, die, im Türrahmen stehend, den absurden Dialog mitangehört hatte, preßte die Lippen zusammen. Ihr Zeigefinger befand sich auf Kopfhöhe und klopfte dann gegen ihre Stirn.
»Die Schlachterei hat zu«, sagte Sophie sanft. Sie hatte sofort begriffen, daß es hier um einen sogenannten Deal ging: eine Information gegen Eugens Leibspeise. Mit Härte war hier nichts zu erreichen. Eugen hatte das Sagen.

»Die Schlachterei ist noch offen«, erwiderte Eugen und zog an der goldenen Kette. Die Taschenuhr baumelte vor Sophies Augen wie ein Pendel.
»Luise kauft Hack für Klopse, und du erzählst mir, was du über Bertram Senger weißt.«
Luise schüttelte wütend den Kopf, aber Eugen blieb unerbittlich.
»Erst zieht sich Luise um. Erst schaue ich vom Balkon aus zu, wie sie über die Straße geht, und erst dann erzähle ich dir, was dich zu interessieren scheint.«
Eugen war es plötzlich, der hier bestimmte.
Und Eugen blieb denn auch Sieger: Triumphierend stand er draußen auf dem Balkon, die Hände auf dem schmiedeeisernen Geländer abgestützt, ein Staatsmann, der auf die brodelnde Volksmasse hinuntersah, die ihm huldigte. Und Sophie, hinter dem Vorhang in Deckung gegangen, bewunderte in diesem Augenblick, mit welcher Souveränität er die Situation meisterte. Es schien Eugen nicht zu kümmern, daß da unten keine Zuschauer waren, daß die einzige Person auf der Straße vor dem Haus ihm den Rücken zukehrte und mit wütenden Schritten, den Kopf im Nakken, davonstapfte: Luise auf dem Weg in das Einkaufsparadies Othmarschen, wie die Waitzstraße neuerdings genannt wurde, die aber nichts anderes war als die etwas lebhaftere Straße um die Ecke.
»Also?«
Sophie war hinter Eugen getreten, doch dieser drehte sich nicht um. Er kostete still seinen Triumph aus,

bevor er antwortete. Erst als Luise um die Ecke bog, stand er Rede und Antwort. Aber auch jetzt zögerte er das Ganze noch einmal hinaus.

»Einen Campari, bitte.«

Sophie unterdrückte ihre Ungeduld. Der Mann hatte Nerven!

»Mit Soda?« fragte sie mit liebenswürdiger Stimme.

»Und Zitrone, wenn es recht ist«, schmunzelte Eugen.

»Es ist recht, mein Lieber. Setz dich mittlerweile an den Tisch da draußen. Dann machen wir es uns gemütlich. Aber vergiß nicht, was du mir erzählen wolltest.«

»Vergiß nicht, was du mich fragen wolltest«, brummte Eugen verstimmt.

Und als dann der Campari kam, als sie einander hinter dem sich leise bewegenden Weinlaub gegenübersaßen, sich zugeprostet, den ersten Schluck genommen und die Gläser wieder hingestellt hatten, begann Eugen zu sprechen.

»Senger ist ein alter Bekannter aus Italien! Aus Bergamo. Als kleiner Reisender in Sachen Textilien hat er begonnen, und eines Tages war er der große Mann der Gegend. Steinreich war er, kaufte ganze Fabriken auf, Baumwollspinnereien, Leinenwebereien, alles. Er war der große Padrone der Provinz. Ein gnadenloser Krösus.«

So viel und so lange hatte Sophie ihren Mann schon

lange nicht mehr reden hören. Er redete mit geschlossenen Augen und wie in Trance.

Und als er endlich wieder zu sich kam, war es Sophie, als ob die Angst vor diesem Giganten der Textilszene und übermächtigen Konkurrenten Eugen heute noch immer im Nacken säße.

»Hast du ihn persönlich gekannt?«

Aber Eugen schüttelte den Kopf. »Er wollte mich ebenfalls in die Knie zwingen. Aber ich habe ihm widerstanden.«

»Was noch?«

Aber jetzt verweigerte sich Eugen endgültig. Er hatte Luise erspäht, die verbissen und wütend auf das Haus zugeschritten kam, warf ihr eine versöhnliche Kußhand zu und drängte dann vehement an Sophie vorbei ins Wohnzimmer, wo er sich wieder in seinen Fernsehsessel fallen ließ.

»Das war's«, brummte er und wollte sich wieder die Kopfhörer überstülpen, wollte sich zurückziehen in seine behagliche Isolation. Sophie erinnerte sich an das Gefühl, das sie unter dem Motorradhelm gehabt hatte, und konnte ihn verstehen. Aber jetzt hatte die Realität Vorrang.

»Das war's nicht!« sagte Sophie sanft, die ihm gefolgt war und jetzt auf sein dünnes weißes Haar hinunterschaute, auf die rosarote Kopfhaut, die überall durchschimmerte. Ein warmes Gefühl überkam sie, und sie strich ihm schnell über das Haar. Eugen erstarrte in seiner Bewegung. Die Kopfhörer blieben

auf Augenhöhe, und das Kabel baumelte sanft in der Luft.
»Wo warst du heute nachmittag?« fragte sie leise.
»Wo sollte ich gewesen sein? Wo ich immer hingehe.«
»Du warst in einem Blumenladen.«
Eugen forschte in seinem Gedächtnis und wurde fündig.
»Stimmt. Da war ein junger Mann, der mich bat, Blumen für ihn zu kaufen.«
»Nelken?«
Eugen nickte.
»Ein – Sargbukett?«
Sophie benötigte eine lange Pause, bis sie das Wort über die Lippen brachte. Aber Eugen erinnerte sich nicht mehr oder wollte sich nicht mehr erinnern. Sie sah es ihm an. Sein unruhiger Blick wurde mit einemmal leblos. Er starrte auf den toten Bildschirm, in dem er Luises Schatten auszumachen glaubte. Da war das gähnende Loch in seinem Kurzzeitgedächtnis, in das auch sie jedesmal fiel, wenn sie sich mit ihm über Geschehnisse unterhalten wollte, die noch nicht allzuweit zurücklagen. Es war hoffnungslos. Möglich, daß er sich plötzlich doch noch erinnerte. Aber soviel Zeit hatte sie nicht. Sie fragte sich, ob es etwas nützen würde, wenn sie Eugen die Karte zeigte, die ihr der Fremde auf dem Friedhof zugesteckt hatte:
»Hotel Vier Jahreszeiten. E. S.« stand darauf. Und eine Uhrzeit: »20 Uhr.«
Nein, es würde nichts nützen. Das Geschäft war ge-

laufen. Informationen aus Eugens Vergangenheit gegen Königsberger Klopse, sein Leibgericht.
Und plötzlich freute sie sich auf das gemeinsame Abendessen auf dem Balkon.

9 Eine Stunde später stand sie wieder vor dem Haus und wartete auf Stephan. Sie hatte ihr bestes Kleid angezogen, das smaragdgrüne mit den feinen Pailletten am Saum und den durchsichtigen Tüllärmeln. Es war das Kleid, in dem sie jeweils ihre schrumpfenden Gedenkminuten an Lothar im Hotel »Vier Jahreszeiten« absolvierte. Anders hätte sie diesen Ort der Weihe niemals betreten, und so hatte sie sich auch diesmal entsprechend angezogen, auch wenn jetzt nicht Lothar rief, sondern ein immer komplizierter werdender Fall eine Auflösung verlangte.
Als Sophie, ihr Abendkleid unter einem eleganten hellgrauen Staubmantel versteckt, leicht auf den unvermeidlichen schwarzen Schirm mit dem Silbergriff gestützt, auf Stephan wartete, wußte sie, daß sie vom Balkon aus von Eugen und Luise beobachtet wurde. Eugen nuckelte an seiner Zigarre, und Luise kraulte das Fell ihres Katers. Und beide fragten sich gewiß, was denn um alles in der Welt Sophie mit diesem jungen Mann auf dem Motorrad zu schaffen hatte, der jetzt mit einer eleganten Kurve neben ihr hielt.

Sophie hätte gern gewußt, ob Eugen Stephan als den jungen Mann wiedererkannte, der ihn gebeten hatte, das Sargbukett für ihn zu kaufen, oder ob sie sich am Ende getäuscht hatte und nur die vage und unangenehme Möglichkeit offenblieb, daß Eugen, von dem sie in langen Ehejahren nie ein lautes Wort gehört hatte, plötzlich von Eifersucht auf den vermeintlichen jungen Nebenbuhler gepackt, losbrüllen würde. Sie winkte zum Balkon hinauf, in der Hoffnung, daß Stephan sich umdrehen und seinen Blick heben würde. Aber weder lüftete Stephan sein Visier, noch schaute er zum Balkon hinauf. Ihn schien es nicht zu interessieren, von wem sich die Oma verabschiedete. Er tat seine unerklärte Pflicht im Dienste der Alten, und mehr nicht. Und auch Eugen wurde nicht von Eifersucht gepackt, zeigte kein Zeichen von Leidenschaft.
Sophie stülpte den roten Helm über, der ihre Wangen quetschte und die Frisur zerstörte.
»Hotel ›Vier Jahreszeiten‹!« rief sie und beugte sich weit vor. Mit beiden Händen umklammerte sie Stephans ledergeschützte Schultern, und sie war froh, daß sie, wieder eingepackt in den schalldämpfenden Behälter, die Welt draußen für Augenblicke zurücklassen konnte. Die Königsberger Klopse im Magen und zwei Gläser Burgunder, Château Lafitte, Premier Cru, die sie in eine leichte, leise Trance versetzt hatten, trugen das ihrige dazu bei, sie aus der Enge ihres Daseins zu befreien. Doch als dann ihr Körper die

Vibrationen des metallenen Monsters, auf dem sie davonritt, wieder aufgenommen, sich eingewiegt hatte in diesen angenehmen Rhythmus, als sie sich völlig zu verlieren glaubte, mobilisierte sie mit viel Anstrengung all die Kräfte, die ihr Leben immer in ruhige Bahnen kanalisiert hatten, schaltete sie das Korrektiv ein, das ihr immer wieder geholfen hatte, wenn die Ereignisse sie zu überrollen drohten, das Rad zurückzudrehen und die Sache auf den Punkt zu bringen. Aber heute war sie als selbsternannte Detektivin unterwegs, um einen Mörder zu suchen. Der Zeitungsausschnitt in ihrer Manteltasche schien zu bestätigen, daß Bertram Senger nicht eines natürlichen Todes gestorben war. Die Vibrationen der Harley Davidson, die ihr Innerstes durchschüttelten, mußte sie dabei auf sich nehmen.

Sie fuhren durch die Reeperbahn, die Sophie auf dem Weg in die Stadt nur unterirdisch mit Hilfe der S-Bahn durch dunkle Tunnelrohre passierte, während sie sich vorstellte, was sie einerseits an haarsträubenden Eindrücken versäumte, wovor sie andererseits im wahrsten Sinne des Wortes aber auch erstklassig beschützt wurde. Jetzt, auf dem Sozius einer gerade in dieser Umgebung imposant wirkenden Maschine, im Windschatten eines in Leder gehüllten Männerrückens, der durchaus noch hätte breiter sein dürfen, genoß sie den donnernden Ritt entlang der angeblich sündigsten Meile nicht nur dieser Stadt: Die Reeperbahn kam ihr enttäuschend harmlos vor.

Hinter den großen Wallanlagen bogen sie ab. Stephan legte sein Gefährt in die Kurve. Sophie schloß für einen Moment die Augen und sah sich schon weit voraus stolz in den Jungfernstieg einbiegen.
Hotel »Vier Jahreszeiten«.
Die Harley rollte sanft auf den Eingang zu. Der Livrierte vor der gläsernen Tür rührte sich nicht von der Stelle. Motorräder waren hier unüblich, und deren Passagiere zählten mit Bestimmtheit nicht zu den Gästen des Hauses. Viel eher, daß da ein Motorradkurier seine Mission erfüllte! Aus dem Rahmen fiel hier nur die gewaltige Dimension der Maschine: kein Fahrzeug für den Stadtverkehr, sondern für große Distanzen, Highways zum Beispiel. So ganz konnte der Mann in der Hoteluniform nicht verbergen, daß seine Gelassenheit nur gespielt war. Aber als dann die Gestalt auf dem Rücksitz behende das rechte Bein durch die Luft schwang und sich nach einem überraschenden Akt der Demaskierung als bekannter Gast des Hauses entpuppte, der sich bei den jährlichen Besuchen immer durch ein großzügiges Trinkgeld ausgezeichnet hatte, durchlief ein Zittern den überraschten Mann.
»Frau Tauber!«
Er ging nicht, wie es sich gehörte, mit majestätischen Schritten über die Stufen, nein, er stürzte ihr entgegen, nahm ihr den roten Helm ab, drückte ihr die Tasche in die Hand, die sie vor dem Absteigen auf den Boden gestellt hatte, und machte dann eine kleine Verbeugung.

»Sind Sie angemeldet? Ich wußte gar nicht...«
»Nein, Fernando. Ich treffe mich mit jemandem in der Halle«, unterbrach sie ihn.
Der Hotelangestellte war erleichtert. Und doch wirkte er irritiert. Er wußte nicht, wie er sich verhalten sollte, gab es doch kein Gepäck zu tragen, und der junge Mann auf dem Motorrad schien auch nicht wirklich zu ihr zu gehören.
Sophie steckte ihm einen Zehnmarkschein zu, vielleicht auch, damit er sich ein wenig für Stephan verantwortlich fühlte, und ging dann mit ihren kurzen energischen Schritten auf den Eingang des Hotels zu, wo sie ihre jährlichen Gedenkstunden an den fernen Lothar verbrachte, und vermochte den Anflug von Rührung erst wieder zu unterdrücken, als sie ins Foyer kam. Sie ließ ihren Blick einmal von rechts nach links durch den gediegenen Raum streifen, um sich einen vagen Überblick zu verschaffen. Der große Gobelin gegenüber dem Eingang, auf dem Fanfaren zur Begrüßung oder zum Abschied der Liebsten geblasen wurden, hielt sie immer für einen Moment gefangen. Aber dann wandte sie sich auch schon nach links und schritt so verhalten und elegant, wie es ihr möglich war, zur Lobby des Hotels.
Sie blieb abrupt im Eingang stehen. Der dicht hinter ihr folgende Page, der an dem Verhalten des Portiers eine besondere Bedeutsamkeit der älteren Dame abgelesen hatte, wäre beinahe mit ihr zusammengestoßen.

Sie knöpfte langsam und betont ihren hellgrauen Staubmantel auf, ließ ihn über die Schultern gleiten, fing ihn dann mit der rechten Hand auf, so wie es ihr Luise immer vorgemacht hatte, wenn sie ihre vergangene Karriere als Mannequin beschwor, und brauchte nicht lange zu warten, bis der Junge ihr den Mantel abgenommen hatte.

Sie drehte sich lächelnd um, nickte ihm anerkennend zu, drückte ihm diskret, aber durch die bewußte Verzögerung im Bewegungsablauf doch auffällig genug, ebenfalls einen Zehnmarkschein in die Hand und betrat darauf den locker besetzten Raum.

»Perfekt«, murmelte sie, denn es war offensichtlich, daß die meisten Gäste, die scheinbar unbeteiligt die verschiedenen Sitzgelegenheiten in der Halle besetzt hielten, Sophies Auftritt zur Kenntnis genommen hatten.

Sie steuerte einen freien Platz in der Nähe des Fensters an, von dem sie auch das Foyer im Auge behalten konnte, setzte sich mit unnachahmlicher Grazie in einen Sessel und dachte dabei dankbar an ihre Mutter, die ihr damals in langen Stunden das sogenannte »Savoir-vivre« einer untergehenden Gesellschaftsklasse beigebracht hatte, zog kurz den paillettenbesetzten Saum ihres Rocks straff, schwang dann das rechte Bein über das linke, öffnete ihre Handtasche, fand ihr silbernes Zigarettenetui, ließ es mit einer routinierten Daumenbewegung aufklappen, tastete, ohne hinzusehen, scheinbar abwesend nach einer Davidoff, hielt dann die Zigarette sekundenlang zwischen Zeige- und Mittelfinger, als auch schon der junge Kellner lautlos neben sie trat und in dem Augenblick das Feuerzeug anknipste, als sie sich anschickte, tief einzuatmen.

»Danke, Thurston«, flüsterte Sophie, ohne den jungen Engländer anzusehen. Das englische Ti-eitsch machte ihr schon viel weniger Mühe als früher, seit sie dem Drängen ihres Zahnarztes nachgegeben und die ihrer Meinung nach noch brauchbaren echten Schneidezähne durch eine Brücke mit falschen Exemplaren hatte ersetzen lassen. Es war einer der raren Augenblicke in ihrem Leben gewesen, in dem sie froh darüber gewesen war, während der zwar kurzen, aber eben doch so unwürdigen zahnlosen Zeit nicht Lothars doppeldeutigem Blick, geprägt von Liebe und zahnärztlichem Interesse, ausgesetzt zu sein.

»Einen French-Cooler? As usual?« fragte Thurston und wollte sich nach einer knappen Verbeugung wie üblich abwenden, ohne ihre Antwort abzuwarten.

»Keinen French-Cooler«, sagte Sophie da mit ausdrucksloser Stimme. Sie wollte ihre jährliche Erinnerungsarbeit, die an feste Gewohnheiten, was Essen und Trinken anbelangt, nicht mit dem heutigen Tag, der profaner Detektivarbeit galt, mischen. »Einen Blue Devil, bitte.«

Der Kellner erstarrte.

»Bitte?«

»Einen Blue Devil«, wiederholte Sophie geduldig.

Nur hatte ihre Stimme mehr metallische Färbung als beim erstenmal.
»Ich weiß nicht…«
Sie unterbrach seine Frage mit ihrem Zeigefinger, den sie so lange krümmte, bis sich Thurston zu ihr herunterbeugte und sein Ohr an die wispernden Lippen hielt: »3/100 Gin, 1/100 Curaçao blau, 1/100 Zitronensaft. Eine Zitronenscheibe.«
»Curaçao?« Thurston stand wieder gerade und schüttelte bekümmert den Kopf.
»Curaçao blue.« Sophie ließ den portugiesischen Nasal genüßlich nachklingen. »Mitternachtsblau hätte ich es gern, wie das Jackett des Herrn dort drüben.«
Thurston schaute unauffällig zur Ecke hinüber, wo der von Sophie angesprochene Mann sich eben mit einem schwarzen Kamm durch das semmelblonde Haar fuhr.
»Emanuel Schubert«, raunte er, ohne die Lippen zu bewegen.
»Pianist aus Straßburg. Reist allein.«
»Thank you«, lächelte Sophie und freute sich erneut darüber, daß sie so problemlos mit dem englischen Lispel-S zurechtkam.
»Und bringen Sie mir den Blue Devil!«
Der Kellner glitt davon. Sophie klopfte sanft die Asche von der Zigarette und lehnte sich zurück.
Der Mann mit den Lackschuhen und dem mitternachtsblauen Anzug hielt seinen Kamm in der rechten Hand und betrachtete ihn nachdenklich. Langsam,

dann immer schneller fuhr er mit der Kuppe seines Daumens über dessen Zähne, so daß ein sirrendes Geräusch entstand, das immer intensiver wurde, bis es plötzlich abbrach.
Die Zeitungen im Raum senkten sich für Momente. Augen suchten aus Gesprächen heraus und orteten das fremde Geräusch. Cocktailgläser wurden brüsk hingestellt. Der Mann mit dem Kamm stand in dem Augenblick auf, als Thurston mit dem Getränk kam, in dem sich scheinbar das Jackett dieses Mannes spiegelte.
Er stellte das Glas mit der Rechten sanft vor Sophie hin und nahm mit der Linken diskret das Trinkgeld entgegen.
»Zimmer 514«, murmelte der Mann kaum hörbar, als er an Sophie vorbeiging, die gerade das Glas hob, die Zähne zusammenpreßte, um zu verhindern, daß sie die Eisstücke schluckte. Das feine Klirren und das undefinierbare Geräusch, das durch den Zusammenprall von Sophies künstlichen Schneidezähnen mit den Eiswürfeln hervorgerufen wurde, ließ den Mann kurz zögern. Ein unmerkliches Zittern durchlief seinen Körper, ließ die mitternachtsblauen Wellen seines Jacketts kurz anschwellen. Aber schon war der Rükken wieder makellos glatt. Der Mann setzte seinen Gang zum Aufzug fort, ohne sich umzusehen.
Sophie erschrak. 514! Das war eines ihrer bevorzugten Zimmer, in denen sie jeweils Lothars gedachte. Sie nahm einen großen Schluck, der unbeherrscht wirkte

und nicht in die dezente Umgebung passen wollte. Kleine Schweißperlen sammelten sich auf ihrer Oberlippe. Unauffällig schaute sie sich nach Stephan um. Er saß mit gespreizten Beinen auf seiner Harley draußen vor dem Eingang und rauchte. Als ob er ihren Blick gespürt hätte, wandte er jetzt den Kopf, sah, wie Sophie langsam aufstand und kurz hintereinander fünf, dann einen, dann vier Finger hob und sich wieder abwandte.

Stephan würde auf sie aufpassen. Er würde auf sie warten, vielleicht sogar vor der Tür des Mannes, mit dem sie allein im Zimmer sein würde.

10

Der Gedanke, einen Beschützer zu haben, beruhigte sie, als sie über den kostbaren Teppich in die Richtung ging, in die der Mitternachtsblaue und Semmelblonde verschwunden war.

Sie drückte auf den Liftknopf. Die Tür ging lautlos auf, und, wie von einem unheimlichen Sog erfaßt, wurde sie gleichsam in die Kabine gezogen. Die Tür schloß sich, und Sophie spürte das feine Zittern in ihren Fußsohlen, als sich der Aufzug in Bewegung setzte. Sie war allein, von der Außenwelt abgeschnitten. Die Frau, die sie im Spiegel anschaute, konnte sie nicht überzeugen. War es versteckte Angst in ihrem Blick, ein Anflug von Panik, die ausbrechen wollte?

Abenteuerlust, die Sophie zwar in ihrem Innern zu fühlen glaubte, war nirgendwo abzulesen.
Der Aufzug hielt an. Zweiter Stock. Das war nicht beabsichtigt. Sie öffnete ihre Tasche und steckte ihre Hand hinein. Sollte der neue Gast nur damit rechnen, daß sie im Falle einer überraschenden Attacke eine Waffe oder doch mindestens ein Spray ziehen würde!
Wie ein Mörder sah der rundliche Mann mit der Glatze in der Türöffnung allerdings nicht aus. Sein feistes Gesicht verzog sich zu einem überraschten Lächeln, das aber blitzschnell wieder erstarb.
»Verzeihen Sie bitte«, sagte er leise und hob bedauernd die Hände hoch.
»Ich wüßte nicht, was Sie Unverzeihliches begangen haben könnten.«
Der Mann wurde blaß, so kam es Sophie zumindest vor, und er vergrub seine Hände in den Taschen seines schwarzen Jacketts, aus dessen Brusttasche eine dicke, in Stanniol gehüllte Zigarre lugte. Seine Krawatte war verrutscht.
»Ich habe Ihren unaufhaltsamen Aufstieg gestoppt.«
Er hatte sich wieder gefangen.
Leidlich geistreich, dachte Sophie, und sie dachte noch mehr. Und plötzlich kam die Angst zurück, die sie anfangs allein in der Enge des Lifts gepackt hatte. Der Mann war erschrocken, weil er sie wiedererkannt hatte. Und ihre Angst hatte die gleichen Wur-

zeln. Und beiden war klar, daß sie sich schon einmal begegnet waren: auf Bertram Sengers Beerdigung!
»Aufwärts?« fragte Sophie freundlich und deckte die Fotozelle mit der Hand ab. Der Dicke zögerte.
»Ich möchte eigentlich nicht hinauf, sondern hinunter«, antwortete er.
»Dann sind Sie bei mir nicht richtig. Abwärts ist immer die schlechtere Alternative.«
Sie tat lächelnd einen Schritt zurück, die Tür schloß sich lautlos, und der Aufzug setzte sich wieder in Bewegung. Beim Blick in den Spiegel stellte Sophie fest, daß ihr Lächeln schon wieder erstorben war. Das Bild des rundlichen Mannes, dessen Gesichtsausdruck vor allem, begleitete sie bis vor die Tür von Nummer 514.
Kaum hatte sie angeklopft, ging die Tür auch schon auf. Aber da stand niemand, nur von links fiel ein langer Schatten auf den Lichtkegel, der aus dem Zimmer drang.
»Stecken Sie Ihr Schießeisen weg, Mister!« hätte sie sagen können, doch das hätte allzu dramatisch geklungen, und vielleicht hatte der Mann im Zimmer gar keine Waffe.
»Ein schäbiger Empfang!« sagte sie statt dessen laut und betrat forsch das Zimmer. Der Schatten rechter Hand wich zurück. Sophie hatte den Blick gesenkt, starrte zuerst auf ein Paar schwarzer Lackschuhe, wanderte über mitternachtsblaue Hosen und Jackett aufwärts bis zum blassen Gesicht des Mannes.

»Ich nehme an, Pianisten schießen nicht«, sagte sie lächelnd.
Seine wässerigen Augen verschwammen. Ich habe ihn beeindruckt, dachte sie befriedigt. Sie kannte seinen Beruf, jedenfalls den Beruf, den er an der Rezeption angegeben hatte, und war ihm somit einen Schritt voraus. Jetzt, wo er sein Gesicht nicht mehr unter dem Schirm verbergen konnte, wirkte er ohnehin viel weniger mysteriös als am Nachmittag.
»Sie sind – eine Dame«, sagte er mit sonorer Stimme und zeigte seine schönen weißen Zähne. Er tat einen Schritt nach vorn, verbeugte sich leicht, als sie an ihm vorbei ins Zimmer schritt, und schloß dann geräuschlos die Tür hinter ihr.
Doch das feine Klicken, als das Schloß einschnappte, hörte sie trotzdem. Sie war seine Gefangene und gleichzeitig die Gefangene ihrer Erinnerungen. Warum ausgerechnet mußte es dieses Zimmer sein, in dem sie ihre Lothar-Gedächtnisstunden zelebriert hatte? Nein, natürlich war es Zufall, daß der Fremde hier wohnte, und trotzdem überkam sie ein Gefühl von Verrat, als sie all die vertrauten Gegenstände im Zimmer wiedererkannte, die Bilder, den Schreibtisch mit dem kleinen Kratzer am Bein, den beinahe unsichtbaren Fleck auf der Tapete neben dem rechten Bett, den ein Zigarren rauchender Gast zurückgelassen hatte. Es gibt keinen Zufall, hat ein gewisser Herr Leibniz gesagt. Sie erinnerte sich an das, was Stephan gesagt hatte.

Der Mann nahm ihr galant den Mantel ab, den sie über den Arm gelegt hatte. Er hängte ihn sorgfältig auf einen Bügel an den Schrank und geleitete sie, indem er sie leicht mit der Hand am Ellbogen festhielt, zu einem Sessel und setzte sich ihr gegenüber. Er hatte die Beine übereinandergeschlagen. Die Spitze seines rechten Lackschuhs zitterte kaum wahrnehmbar, und gedämpft vernahm sie wieder das sirrende Geräusch, das aus seiner rechten Jackettasche drang. Sie konnte die Bewegung seines Daumens, der über die Zähne des Kamms fuhr, ahnen.

Wie begann ein Gespräch zwischen zwei Menschen, die sich überhaupt nicht kannten, die aber durch mysteriöse Umstände aneinander geraten waren?

»Sie sind Emanuel Schubert?« Der Ton ihrer Stimme verriet, daß sie an der Echtheit des Namens zweifelte.

»Hätten Sie mir einen andern Namen anzubieten, wenn ich Schubert als zu ambitiös bezeichnen würde?« fragte sie weiter, als er auf die erste Frage nicht reagierte.

Schubert, oder wie er auch immer hieß, preßte die Lippen fest zusammen, als ob er sich selbst daran hindern wollte, die Fragen der Frau zu beantworten. Das Geräusch, das aus der Jackettasche drang, brach ab.

»Sie brachten die Nelken zu Bertram Sengers Begräbnis«, sagte er endlich so leise, daß sie sich weit vorbeugen mußte, um ihn zu verstehen.

»Nicht ganz korrekt – Herr Schubert. Mein Begleiter

brachte die Nelken zum Begräbnis. Und ich nehme an, er tat es in Ihrem Auftrag.«

Schubert verzog sein Gesicht zu einer kleinen Grimasse.

»Warum kam Ihr Begleiter nicht allein? Was suchten Sie auf dem Friedhof? Sie haben mit Sengers Tod doch nichts zu schaffen.«

»Woher wissen Sie das, Herr Schubert? Jetzt dringen Sie in meine Privatsphäre ein.«

Sophie hob warnend ihren Zeigefinger.

»Ich kenne Sie nicht, Madame ...?«

»Tauber. Madame Sophie Tauber«, ergänzte sie schnell und zufrieden. Die französische Anrede tat ihr gut, wirkte distinguiert, entschädigte sie flüchtig für den verlorenen Adelstitel, und deswegen probierte sie gerne aus, wie ihr Name in französischer Nachbarschaft klang. Ja, da schwang Eleganz mit, das hörte sich mondän an und souverän. Und die Erfahrung einer reifen Frau war darin auch enthalten.

»Warum hat das Nelkenbukett die Trauergäste aufgeschreckt?« fragte sie endlich, als Schubert keine Anstalten mehr machte, die Konversation fortzusetzen. Nicht etwa weil er nichts zu sagen gehabt hätte, aber er wirkte irgendwie scheu, gehemmt.

11

Sophie holte tief Luft. Sie blickte sich unauffällig im Zimmer um, inspizierte mit flinken Augen das unberührte Doppelbett, in dem sie auch schon geschlafen und im Traum mit der linken Hand nach jenem Mann getastet hatte, der zu weit weg war, als daß sie ihn hätte berühren können. Seitlich am Schrank hing ihr hellgrauer Staubmantel an einem Bügel. Ihr Schirm mit dem Silbergriff hing über der Stuhllehne beim Schreibtisch. Auf der kleinen Kommode vor dem Spiegel lag noch ein zweiter Kamm, ein hellgrüner, und in einem Whiskyglas steckte eine rote Nelke. Ansonsten waren keine Spuren von Schubert zu sehen. Das Zimmer wirkte leer und unbewohnt.

»Meine Geschichte, was den Fall Senger betrifft, ist kurz.«

»Der Fall Senger!« unterbrach sie Schubert schnell. »Ein Fall also! Ich war mir nicht sicher, aber jetzt weiß ich, warum ich zu Ihnen gleich Vertrauen faßte!« Er drückte schnell ihre Hände und ließ sie gleich erschrocken wieder los. Schubert hatte lange schmale Hände. Wie ein Pianist. Vielleicht war er wirklich Musiker.

»Heute nachmittag haben Sie einen jungen Mann gefragt, ob er für Sie im Blumenladen ein vorbestelltes Sargbukett abholen würde. Richtig?«

»Richtig«, nickte Schubert.

»Ist das die ganze Antwort?« fragte Sophie empört.

»Sie sagen mir nicht, warum der junge Mann seinen Auftrag plötzlich weitergegeben hat, einem alten, etwas verwirrt wirkenden Mann – meinem Mann!«
»Das tut mir leid.«
Schuberts Antworten waren mehr als knapp. Aber auch er würde noch reden!
»Mein Mann ging also in den Laden und fragte nach dem Sargbukett. Der junge Mann, von schlechtem Gewissen getrieben, verfolgte diese Szene draußen vor dem Laden, während Sie wiederum, mein lieber Herr Schubert, wahrscheinlich auf der gegenüberliegenden Straßenseite das Ganze beobachteten. Nun wollte es der berühmte Zufall – obwohl es nach Herrn Leibniz keinen Zufall gibt –, daß in diesem Augenblick ein uniformierter Polizeibeamter den Blumenladen betrat, und weil mein Mann wegen seiner Verwirrtheit ein häufiger Gast der Polizei ist, kamen die beiden sofort ins Gespräch. Nun bekamen Sie beide, der junge Mann und Sie, Herr Schubert, es mit der Angst zu tun. Sie dachten, mein Mann wolle Sie anzeigen, weil er trotz seiner Arglosigkeit mitbekommen hatte, daß da etwas faul war im Staate Dänemark. Daß der Junge später, als mein Mann mitsamt den Blumen, mit denen er nichts anzufangen wußte, in sein Stammlokal zurückkehrte, ihm folgte, spricht für ihn, und daß er noch zu Schuldgefühlen fähig ist. Sie aber haben das Weite gesucht, Herr – Schubert!«
Sophie lehnte sich erschöpft zurück. Die lange Rede hatte sie ermüdet. Schuberts Hand mit dem schwar-

zen Kamm tauchte aus der Jackettasche auf. Der Kamm lag jetzt vor ihnen auf dem Tischchen. Es fehlte ihm ein Zahn. Und Schuberts Daumenkuppe war blutig.
»Was haben Sie zu verbergen, Herr Schubert?«
»Mit welchem Recht stellen Sie diese Frage?«
»Mit dem Recht der Frau, deren hilfloser Mann in eine Sache hineingezogen wurde, der er nicht gewachsen sein konnte.«
»Sie scheinen der Sache gewachsen, Madame«, sagte Schubert. »O.k., allein schaffe ich es nicht. Das ist mir mittlerweile längst klargeworden. Helfen Sie mir!« flüsterte er mit beinahe ersterbender Stimme und machte dazu eine hilflose Handbewegung. »Sie haben ja die Initiative ohnehin ergriffen.«
Sophie nickte geschmeichelt.
»Also? Wie ist Senger gestorben?«
»Er ist die Treppe hinuntergestürzt und war tot. Herzschlag!«
»Ach! – Hat ihn jemand gestoßen?«
Schubert schüttelte heftig den Kopf. »Nein! Ich war ja im Haus. Und ich bin es nicht gewesen!«
»Sie waren im Haus?« Sophie starrte den Musiker mit offenem Mund an. Als sie sich dessen bewußt wurde, hielt sie schnell die Hand vor den Mund. Was hätte ihre Mutter gesagt! Den geöffneten Mund zeigte man nur dem Zahnarzt!
»Bertram Senger war mein Onkel.«
»Bringen Sie mir etwas zu trinken!«

Schubert eilte zum Kühlschrank.
»Gin! Whisky? Kognak?«
»Wodka!« sagte Sophie und lehnte sich mit geschlossenen Augen zurück. »Erzählen Sie weiter!«
Schuberts Stimme klang verändert. Er kniete vor dem geöffneten Kühlschrank und sprach in die eisige Höhle hinein.
»Wissen Sie, daß fünf Stockwerke unter uns die Person sitzt oder die Personen, die Bertram Senger umgebracht haben?«
Es war, als ob Schuberts Worte im Eisschrank gefrieren würden. Sie waren ohne Echo und ließen Sophie leicht frösteln.
Sie nickte, obwohl sie die Zusammenhänge noch nicht ganz begriff. Sie erinnerte sich an den schwarzgekleideten rundlichen Glatzkopf, der ihr zuerst auf dem Friedhof aufgefallen war und den sie im Aufzug wieder gesehen hatte.
»Da unten tafelt also die Trauergesellschaft?«
Schubert hatte sich wieder aufgerichtet. Er hatte ein Glas mit Wodka gefüllt und kam vorsichtig auf Sophie zu. Er nickte stumm.
»Und warum nehmen Sie an diesem Leichenmahl nicht teil? Sie gehören doch auch zur Familie!«
Sophie stand auf und ging einmal durch das Zimmer, folgte den Ornamenten des Teppichs und kehrte wieder zu ihrem Sessel zurück.
»Weil man mich sonst wohl auch umbringen würde!«

Schuberts Antwort kam mit einiger Verspätung. Er hatte gewartet, bis sie sich wieder gesetzt hatte. Er nahm ein Fläschchen mit Kognak aus der Tasche, schraubte den Verschluß auf und leerte es hastig in einem Zug. Dann atmete er tief aus und setzte sich schnell hin.

»Machen wir Nägel mit Köpfen, Freund!«

Sie nahm einen großen Schluck Wodka und lehnte sich dann ebenfalls zurück. Sie kramte in ihrer Handtasche und holte ihr Zigarettenetui heraus. Schubert gab ihr mit zittriger Hand Feuer. Er starrte sie mit offenem Mund an.

»Bertram Senger war also Ihr Onkel.«

Sophie suchte nach einem Angelpunkt, der ihr Halt versprach. Ihr war ein bißchen schwindlig. Sie stand auf, verharrte eine Weile benommen und leicht schwankend vor ihrem Stuhl, fixierte dann den grauen Staubmantel am Schrank und ging mit festem Blick darauf zu, kramte mit der rechten Hand in der Manteltasche, während sie sich mit der linken an der Schrankkante festhielt, und kehrte dann endlich vorsichtig an ihren Platz zurück.

»Gestern ist der Textilindustrielle Bertram Senger, 73, in seiner Wohnung in Harvestehude tödlich verunglückt. Senger war Besitzer verschiedener Unternehmen der Textilbranche. Senger, der beruflich noch immer aktiv war, hinterläßt keine direkten Nachkommen.«

Sie ließ den Zeitungsausschnitt in ihrer Tasche verschwinden und schloß schnell die Augen. Sie hatte die Wörter nur noch verschwommen wahrgenommen. Die Ansätze zu Bertram Sengers Biographie lösten sich wieder auf. Trotzdem versuchte sie, ihrem Gesicht einen nachdenklichen Ausdruck zu verleihen. Sie runzelte die Stirn, kaute an den Lippen, trommelte nervös mit den Fingerspitzen auf die Stuhllehne, bis sie sich endlich wieder ein bißchen besser fühlte und der Schwindel nachließ. Sie wußte nicht, ob Schubert sie beobachtete, denn ihren Versuch, die Augen zu öffnen, hatte sie sofort wieder abgebrochen, als sie sein makelloses Gebiß in doppelter Ausführung vor sich gesehen hatte.

»Erzählen Sie weiter, Herr Schubert«, flüsterte sie.

»Sie haben ein schönes Gesicht«, sagte Schubert leise und überraschend.

Sophie riß die Augen auf und schloß sie gleich wieder. Störten ihre ewig neugierigen, ewig wandernden Augen die Harmonie ihrer Züge nicht? Waren das Mißtrauen, ihre innere Auspannung und das ewige Gefühl, etwas Entscheidendes in ihrem Leben verpaßt zu haben, nicht sichtbar? Oder hatte die flotte Kombination von Blue Devil und polnischem Wodka all das innerhalb von Sekunden aus ihrem Gesicht gewischt?

»Danke«, quittierte sie Schuberts Kompliment und öffnete die Augen erneut. Diesmal hielt die Umgebung ihrem Blick stand.

»Ich bin Musiker. Pianist.«

Also doch! Sophie nickte. Seine schlanken Hände schienen seine Aussagen zu bestätigen.

»Welche Werknummer hat das d-Moll-Klavierkonzert von Mozart?« fragte sie schnell, und sie merkte auch schon, daß ihr Blick wieder jene inquisitorische Schärfe bekam, die sie eigentlich nicht mochte.

»Köchelverzeichnis 466«, antwortete Schubert, ohne zu zögern.

»Entstanden ist es 1785.«

Sophie nickte anerkennend, obwohl sie keine Ahnung hatte, ob Schuberts Angaben stimmten.

»Das ist schon eine Vertrauensbasis, auf der sich weiterbauen läßt, selbst wenn Sie mir das Wichtigste vorläufig noch vorenthalten müssen: daß Sie auch Klavier spielen können!«

Schubert beugte sich leicht vor, hielt seine Hände griffbereit über dem Teetischchen in der Luft, senkte die Rechte und bewegte dann die einzelnen Finger kreisend und sehr langsam auf der Tischfläche. Dazu summte er das Motiv der Romanze leise vor sich hin. Was für ein Anschlag!

»Böse Menschen haben keine Lieder«, lächelte Sophie endlich glücklich und neutralisierte diesen Anflug von Milde auch gleich wieder durch eine nächste Frage: »Was ist in den letzten Tagen gelaufen?«

Schubert würgte die süße Tonfolge brüsk ab und saß wieder kerzengerade in seinem Sessel.

»Ich war zu Besuch bei meinem Onkel hier in Hamburg. Ich lebe in Erlangen. Als Musiklehrer.«

Daseins zu befreien. Doch als dann ihr Körper die und leise Enttäuschung klang in ihrer Stimme mit. Wieder einer, dem das Lebenskonzept nicht aufgegangen war. Oder hatte er es etwa durch Gewalt zum Stimmen zu bringen versucht?

»Mit welcher Absicht sind Sie zu Ihrem Onkel gefahren?« fragte Sophie. Ihre Stimme klang zwar noch immer weich, aber er würde das Mißtrauen nicht überhören. Wenn er Sinn für Zwischentöne hatte.

»Mit keiner Absicht, Madame.«

Schubert blieb bei seiner Anrede.

»Mein Onkel fühlte sich bedroht. Er lebte allein. Und weil für mich ja ohnehin Schulferien sind, forderte er mich auf, für eine Weile bei ihm zu wohnen.«

»War denn da sonst niemand in der Villa?«

»Eine Haushälterin. Aber die ist alt, und ihr wollte er sich nicht anvertrauen. Abgesehen davon, geht sie abends nach Hause.«

»Und warum fragte er ausgerechnet Sie? Da gab es doch noch andere Verwandte! Hatten Sie denn eine so nahe Beziehung zu Ihrem Onkel?«

Schubert, der immer weniger so hieß, dachte Sophie, schüttelte den Kopf. »Ich bin sozusagen nur sein Stiefneffe! Ein Sohn einer Stiefschwester! Trotzdem hat er meine Ausbildung finanziert. Aber das ist wie bei der Mafia, Madame. Eines Tages mußte ich es ihm zurückzahlen. Und eben kürzlich hielt er also diesen Tag für gekommen. Er duldete keine Widerrede. Er war es gewöhnt, daß man seine Befehle ausführte.«

Sophie stand wieder auf und tat ein paar zögernde Schritte zum Fenster hin. Ihre Beine trugen sie wieder. Sie war wieder ganz die alte. Und mit dem zurückgewonnenen klaren Blick kehrte auch die Schärfe ihres Denkens zurück.

»Worin bestand die Drohung?«

Sie schaute aus dem Fenster und auf die Binnenalster hinab, wo gerade eines der weißen Alsterschiffe Richtung Harvestehude den Jungfernstieg verließ.

»Seit Wochen erhielt er jeden Tag eine Nelke zugeschickt, die mit einem schwarzen Band umwickelt war.«

Sophie drehte sich so rasch um, daß die Bewegung beinahe zur Pirouette geworden wäre.

»Ohne Begleitbrief?«

»Ohne.«

Schubert machte sich wieder an seinem Kamm zu schaffen. Aber Sophie nahm es diesmal gar nicht wahr. Sie bückte sich, öffnete den Kühlschrank, ließ ihren Blick über die restlichen Fläschchen wandern und schloß dann die Tür mit einem leisen Seufzer. Sie hätte jetzt dringend etwas gebraucht, was ihren Blutkreislauf wieder ins Gleichgewicht gebracht hätte!

»Und wer war der Absender der Nelken?«

Sie griff in ihrer Tasche nach dem Zigarettenetui.

Schubert zuckte mit den Schultern.

»Woher soll ich das wissen? Einmal wurde das Paket in Reinbek aufgegeben, einmal in Bremen, ein anderes Mal in Lübeck. Immer anonym.«

»Haben Sie eine Vermutung, wer es hätte tun können? Es muß doch irgendwo ein Motiv gegeben haben.«
Sophie zündete sich diesmal die Zigarette selbst an. Schubert war ganz mit sich und seinen Erinnerungen beschäftigt.
»Irgend jemand von denen, die da unten sitzen und Bertram Sengers Tod feiern!«
Schubert machte eine vage Handbewegung.
»Wer? Haben Sie einen Verdacht?«
Jetzt ging Schubert zum Kühlschrank und kehrte mit einem Fläschchen Whisky zurück.
»Es kann auch keiner von ihnen oder jeder gewesen sein. Aber was soll's! Die Polizei hat keinen Verdacht. Und die Erben kommen auf ihre Rechnung!«
»Die Erben! Dazu gehören auch Sie, Schubert!«
»Weit hinten, Madame. Erstens habe ich ja einen Teil des Erbes schon bekommen in Form eines Vorschusses auf mein Studium. Und zweitens bin ich ja sozusagen ein falscher Neffe – ein Neffe aus zweiter Hand! Der Sohn eines Stehgeigers!«
Ein Stehgeiger also! Es gab keine Zufälle! Nein!
Eine ganze Weile war es still im Raum, dann endlich zog Sophie die Todesanzeige aus der Tasche, ging zum Tisch zurück, legte den Zeitungsausschnitt auf die Glasplatte und strich das zerknitterte Papier mit dem Handrücken glatt.
»Da sind doch eine Reihe möglicher Mörder verzeichnet, Herr Schubert. Und wenn es sich um Geld handelt, müssen wir den Mörder ganz oben auf der Liste

suchen. Wenn es hingegen nicht das Geld war, dann, mein Lieber, müssen wir einem andern Motiv auf die Spur kommen.«

Schubert hob mit resigniertem Gesichtsausdruck die Arme und ließ sie dann wie ein Hampelmann sinken.

»Was führten Sie im Schilde? Was sollte das Sargbukett?« fragte Sophie und betrachtete ihr Gegenüber mit zusammengezogenen Augenbrauen.

»Ich weiß nicht! Ich wollte ganz einfach provozieren. Ich dachte, wenn es wirklich ein Mord war, wird sich der Mörder vielleicht verraten.«

»Die Idee war gut, die Durchführung stümperhaft. Warum haben nicht Sie die Nelken aufs Grab gelegt, anstatt die Sache zu delegieren?«

Aber Schubert blieb die Antwort auf diese Frage schuldig. Statt dessen beantwortete er eine Frage, die sie bis jetzt gar nicht gestellt hatte.

»Ich heiße in Wirklichkeit Erich Schlaffer.«

Sophie nickte. Sie zeigte keine Überraschung.

»Schubert klingt besser. Ich verstehe.«

»Schubert beflügelt.« Seine Augen leuchteten.

»Aber es hat Sie nicht daran gehindert, die Sache ohne Genie anzugehen.«

»Es hätte doch klappen können.«

»Ach was! Wir haben es mit einem Vertreter der abgebrühten Sorte zu tun, Herr Schlaffer.« Sie klopfte mit ihrer kleinen Faust wütend auf den Tisch. »Was bedeuten Nelken?« fragte sie nach einer Weile weiter.

»Begräbnisblumen«, murmelte Schlaffer. »Mir fällt nichts anderes ein.«
»Die Nelke ist ursprünglich die Symbolpflanze für das Leiden Christi«, sagte Sophie nachdenklich. »Sie gilt auch als Liebespfand auf Verlobungsbildern der Renaissance. Und es ist die Blume der – Sozis.«
Den Nachsatz lieferte sie ohne Betonung. Die Tatsache, daß die Protagonisten der SPD sich inzwischen ebenso galant auf gesellschaftlichem Parkett bewegten wie ihre bürgerlichen und zum Teil noch adeligen Kontrahenten, irritierte sie nach wie vor. Das Bild der Gesellschaft, das sie aus ihrem Elternhaus mitbekommen hatte, stimmte längst nicht mehr, besonders seit sie sich eingestehen mußte, daß ihre Vaterstadt durchaus nicht viel schlechter von jenen regiert wurde, die sich nicht auf eine adelige Vergangenheit berufen konnten wie sie selbst. Und sie dachte darüber nach, was wohl ihre Mutter gesagt hätte, wenn sie ihrer Tochter beim Ausfüllen der Wahlzettel über die Schulter geschaut hätte und hätte feststellen müssen, wem sie ihre Stimme gab. Nein, Verrat war es nicht, nur ihre Überzeugung, daß Vorurteile ein Leben ersticken können.
»So gebildet sind doch meine Verwandten nicht«, sagte Schlaffer, und Sophie war sich eine Weile gar nicht mehr im klaren darüber, worauf er denn eine Antwort gegeben hatte.
»Die sind doch viel einfacher gestrickt. Und vor allem denken sie nur immer an Profit. Geschäftsleute!«

Er stieß verächtlich die Luft durch die Nase, und seine Finger absolvierten einen fulminanten Lauf auf der Tischplatte. Sophie klappte mit Nachdruck ihr Etui auf und nahm eine Zigarette heraus.

»Sie rauchen zuviel, Madame«, sagte Schlaffer, und seine Stimme klang besorgt. »Sargnägel hat mein Vater die Zigaretten immer genannt.«

»Was sagen Sie da?«

Sophie starrte ihn mit offenem Mund an. In der linken Hand zitterte die unangezündete Zigarette, in der rechten brannte das Streichholz langsam ab. Sophie kam erst wieder zu sich, als die Flamme ihre Fingerspitzen leckte.

»Sargnägel«, wiederholte Schlaffer gehorsam und streckte ihr gleichzeitig das noch halbvolle Whiskyfläschchen hin. Sophie nahm einen kleinen Schluck, schüttete den Rest über ihre schmerzenden Fingerspitzen und ging dann zum Fenster zurück.

»Das ist die Lösung!« sagte sie endlich und formte mit Zeige- und Mittelfinger der rechten Hand das Victory-Zeichen. »Man nannte besonders zu meiner Zeit Nelken auch Näglein. Kennen Sie das Lied ›Guten Abend, gut Nacht ...‹?«

Sie drehte sich langsam um und schaute Schlaffer fragend an.

Er wirkte gerührt. »... mit Näglein besteckt, schlupf unter die Deck. Brahms!«

»Klingelt's bei Ihnen, Erich?«

»Nein.«

»Keine Assoziationen? Irgendeine Bemerkung Ihres Onkels?«
Schlaffer dachte verzweifelt nach. Aber er schüttelte immer wieder den Kopf.
»Hat Ihr Onkel geraucht?«
»Zigarren! Schwere, teure schwarze Zigarren!«
Ein triumphierendes Lächeln huschte über Sophies Gesicht.
»Das war's.«
Sie ging zum Schrank und nahm ihren Mantel vom Bügel.
»Sie wollen mich im Stich lassen?«
Schlaffer war aufgesprungen und packte Sophie am Arm. Er war jetzt wie ein kleiner Junge, der Angst vor dem Alleinsein hat.
»Lassen wir's auf einen neuen Versuch ankommen«, sagte sie scheinbar unbeteiligt, obwohl auch ihr Herz klopfte. »Wir wollen der Trauergemeinde Feuer unter dem Hintern machen! Auf geht's!«

12

»Tun Sie mir einen Gefallen, Thurston. A favour, please!«
Sophie entdeckte das unruhige Flackern in den Augen des jungen Kellners, der genau wußte, daß immer dann etwas Unangenehmes bevorstand, wenn die alte Dame ihre spärlichen Englischkenntnisse mobilisier-

te. Nur der Gedanke an ein fürstliches Trinkgeld dämpfte seine Bedenken etwas.

»Ja...?« sagte Thurston unsicher und war bereits versucht, seine rechte Hand unauffällig auszustrekken, die halbgeöffnete Innenfläche nach oben.

Sophie schien seine Gedanken erraten zu haben. Sie lächelte maliziös und steckte ihm einen Geldschein in die Tasche seines Jacketts. Er war geschlagen, bevor er überhaupt ihren Wunsch vernommen hatte.

»In einem der großen Säle findet ein Leichenmahl statt.«

»Im Jahreszeiten-Salon, ja.«

Thurston nickte bekümmert. Aber gleichzeitig fragte er sich, ob die Alte denn diesen Ausdruck der Trauer überhaupt von ihm erwartet hatte.

»Sind Sie für die Rauchwaren bei diesem – Anlaß zuständig?«

Daß sie das Leichenmahl als »Anlaß« bezeichnete und vor dem Wort erst noch eine Pause eingeschaltet hatte, machte ihn mißtrauisch. Doch was blieb ihm anderes übrig, als ihre Frage zu beantworten? Er nickte vorsichtig und erschrak, als er ihr befriedigtes Lächeln sah.

»Ich übernehme!«

Ihre Stimme duldete keinen Widerspruch.

»Sie übernehmen was?«

»Die Distribution der Rauchwaren! – Distribution!« fügte sie noch in englischer Fassung hinzu.

Thurston zögerte, griff in die Tasche seines Jacketts,

als wollte er Sophie das Trinkgeld augenblicklich wieder zurückgeben.
»Die Herrschaften sind jetzt doch sicher beim schwarzen Kaffee angelangt. Und bei den harten Drinks.«
Thurston, noch immer die Hand in der Tasche, nickte.
»Leider«, hätte er gerne gesagt. Es gab kein Entkommen.
»Sie besorgen mir ein schwarzes Kleid und ein kleines weißes Schürzchen, Thurston.«
Der Kellner schwieg verstockt. Scheinbar unauffällig ließ er seine Blicke über Sophies Körper wandern, von oben nach unten. Die alte Dame war zu klein.
Aber die alte Dame wußte Bescheid.
Sie hatte seine versteckten Blicke richtig gedeutet.
»Carmen!« sagte sie nur und schaute ihn triumphierend an.
»Bizet?« fragte Thurston dümmlich, obwohl er längst wußte, worauf das Ganze hinauslief. Es würde nichts helfen, daß er sich dumm anstellte.
»Ach, Thurston«, sagte Sophie mitleidig. »Carmen wie auch immer. Ihre Kollegin, die nach Spanien zurückgekehrt ist. Carmen ist nicht größer als ich. Und – sehr zierlich«, fügte Sophie lauter als nötig hinzu. »Ihre Kleider müssen doch noch irgendwo greifbar sein!«
Thurston wartete lange mit seiner Antwort, und eigentlich gab es auch keine Antwort. Er wandte sich wortlos ab, ging ein paar Schritte und drehte sich noch einmal um.

»Und wenn ich deswegen entlassen werde?«
»Dann stelle ich Sie als Butler ein«, antwortete Sophie, und der Gedanke erschien ihr nicht einmal so abwegig. Zehn Minuten später stand Sophie mit dem Zigarrenkasten vor der noch geschlossenen Tür des Salons. Eine Lachsalve explodierte drinnen, Gläser klangen, und ein Stuhl kippte polternd um.
»Gehen wir, Erich!«
Sie drehte sich um und vergewisserte sich, daß Schlaffer sich nicht etwa davongemacht hatte. Nein, er stand hoch aufgerichtet da, hatte einen schwarzen breitrandigen Hut tief ins Gesicht gedrückt und ließ darunter sein beeindruckendes Gebiß blitzen. Er holte tief Atem und versetzte dann mit seinem Lackschuh der Flügeltür einen heftigen Tritt. Das Gelächter im Saal erstarb schlagartig. Es war totenstill, nur ein einziges Glas gab einen klagenden Ton von sich. Alle Köpfe waren zur Tür gedreht. Und in diese Stille hinein trat Sophie. Lächelnd trippelte sie in den Saal, während hinter ihr in der gähnenden Türöffnung Schubert alias Schlaffer erschien. An einem gelbschwarzen Band baumelte eine Kamera an seinem Hals, und genüßlich schob er sich jetzt eine große schwarze Zigarre zwischen die Zähne.
»Zigarren, Zigaretten?«
Sophie war entgegen der festgeschriebenen gastronomischen Regeln nicht von hinten an die Gäste herangetreten, sondern hatte sich mitten in das Geviert gewagt, das die hufeisenförmig angeordneten Tische

offen ließen, und konnte so den Gästen direkt ins Gesicht schauen.
Da saß der kleine rundliche Glatzkopf, schwitzend und mit rotem Kopf. Und da saßen all die schwarzgekleideten Hinterbliebenen des seligen Bertram Senger. Die Krawatten der Männer waren verrutscht oder gelockert. Die Blusen der Frauen klafften weiter auf, als es noch schicklich gewesen wäre. Angetrunken waren die einen, übersättigt die andern, mit ihrer Verdauung beschäftigt.
»Zigarren, Zigaretten!« rief Sophie noch einmal und wiegte das Tablett vor den Augen eines blassen jungen Mannes hin und her.
»Rauchen ist ungesund«, murmelte dieser und hob abwehrend die Hand wie ein Verkehrspolizist, der die Autos zum Anhalten auffordern will.
»Rauchen schadet der Gesundheit«, kicherte der kleine Dicke und fuhr sich über die schweißglänzende Glatze.
»Sargnägel?«
Sophie hatte dieses Wort laut ausgesprochen. Sie hatte jede einzelne Silbe betont. Und dazu ließ sie ihre Augen von einem zum andern wandern.
Es war still.
»Das war geschmacklos.«
Sophie nickte und fixierte die füllige Blondine an der Seite des Glatzkopfes, weil sie als erste reagiert hatte. Sie saß unter dem Blitzlicht des Fotografen an der Tür wie erstarrt da.

»Wir werden uns bei der Direktion beschweren«, keuchte ihr Sitznachbar endlich. Er war aufgestanden und hatte sich weit nach vorn gebeugt. Schuberts Kamerablitze zwangen ihn auf den Stuhl zurück. »Hinaus!« brüllte er und lehnte sich erschöpft zurück.
Und Sophie ging. Sie absolvierte, begleitet von Schuberts magnesiumweißen Blitzen, noch so etwas wie eine Ehrenrunde, nickte den einzelnen Trauergästen freundlich zu und steuerte dann dem Ausgang zu, wo Schlaffer noch immer stand, die Blitzlichtkamera jetzt auf Bauchhöhe, die unangezündete Zigarre zwischen den Zähnen.
»Bitte, Madame«, sagte er vernehmlich, nahm für einen Augenblick die Zigarre aus dem Mund und vollführte mit ihr eine kreisende Bewegung, als ob er mit einer Maschinenpistole die versammelten Trauernden umlegen wollte, einen nach dem andern.
Es war wie im Kino, dachte Sophie, als sie beinahe feierlich ein überlanges dickes Streichholz aus der Schachtel klaubte, damit ratschend über die Reibefläche fuhr und es dann Schubert entgegenstreckte.
»Herzlichen Dank, Madame!«
Diesen souveränen Auftritt hätte sie dem gescheiterten Konzertpianisten nicht zugetraut. Sie ging an ihm vorbei, ohne sich noch einmal umzusehen, drückte draußen dem verstörten Thurston den Kasten mit den Rauchwaren in die griffbereiten Hände und steuerte dann auf den Aufzug zu, der sie zurück ins Zimmer 514 brachte.

Drei Minuten später hatte sie sich wieder in Sophie Tauber zurückverwandelt.

Erich Schlaffer klopfte kurz danach zögernd an die Tür. Schweiß lief ihm über das Gesicht, und seine Pianistenhände zitterten. Die Zigarre war ihm wieder ausgegangen. Ohne Sophies Gegenwart hatte ihn der Mut verlassen – und die schauspielerische Kraft war dahin.

»Sie wären ein erfolgreicher Pianist geworden, wenn ich sie gemanagt und neben ihnen am Flügel gesessen hätte!« Sophie sagte es ohne Ironie, und Erich nickte spontan.

»Und jetzt?«

Er warf seinen schwarzen Hut mit resignierter Bewegung aufs Bett. Als ob diese Bewegung plötzlich Sophies Denken in eine andere Richtung gelenkt hätte! Sie befand sich mit einem jungen Mann allein in einem Hotelzimmer, das von ihren Träumen und Erinnerungen besetzt war. Auf dem Bett lagen Carmens schwarzes Kleid und das niedliche Schürzchen und daneben auf dem Kissen Schuberts schwarzer Hut. Welch ein verfängliches Stilleben!

Sophie drehte sich brüsk auf dem Absatz um und schlüpfte in ihren Regenmantel.

»Und jetzt?« fragte Schubert noch einmal, ging auf das Bett zu, nahm den schwarzen Hut vom Kissen und drehte ihn unentschlossen zwischen den Fingern. Dann ging er wie in Trance auf das Radio zu, das in das Nachttischchen eingebaut war, und drehte an den

Knöpfen, bis er gefunden hatte, was er eigentlich gar nicht zu finden gehofft hatte: Mozarts Klavierkonzert in d-Moll.

»Clara Haskil«, flüsterte er, und ein verzückter Ausdruck erschien auf seinem Gesicht.

»Clara was?« fragte Sophie barsch. Sie wehrte sich mit aller Kraft gegen Mozart, Haskil und eine Moll-Tonart, die ihr das Herz schwermachte. Jetzt nur nicht weich werden, dachte sie.

»Haskil«, murmelte Schubert, aber er hatte auch schon begriffen, daß sich Sophie ihm und seiner Kunst verweigerte.

»Und jetzt stellen wir eine Liste der Trauergäste auf. Das heißt, Sie tun das!«

Sie setzte ihren Hut auf. Die Feder wippte fröhlich.

»Mit Beruf, Beschäftigung, Adresse, Jahrgang und dazugehörigem Foto. Und den verwandtschaftlichen Beziehungen zum Toten.«

Sie griff nach der Türklinke.

»Wir sind also nicht weiter als vorher?« fragte Schubert traurig und vergaß Mozart vorübergehend.

»Natürlich sind wir weitergekommen, Herr Schubert. Wären Sie nicht so mit sich selber beschäftigt gewesen, hätten sie die Angst in den Gesichtern gesehen, als ich mit den Zigarren kam und das ominöse Wort ›Sargnagel‹ fiel. Da hat mehr als einer etwas zu verbergen.«

»Und was ist mit mir?«

Sophie schüttelte verwundert den Kopf. »Was sollte

mit Ihnen sein? Sie halten die Festung. Und Sie machen sich an die Arbeit. Ich melde mich. Ciao, artiste!«
Sie schloß leise die Tür hinter sich. Sein schiefes Lächeln sah sie schon nicht mehr.

13

Es war spät, als Stephan sie endlich vor ihrem Haus absetzte.
»Wir bleiben in Kontakt.«
Sie klopfte dreimal auf seinen silbernen Helm. Es war wie eine Zauberformel, und Stephan fühlte, daß die alte Dame ihn voll im Griff hatte. Sie hatte seine Schuldgefühle geortet, die seine Aktion ausgelöst hatte, als er den alten Mann an seiner Stelle in den Blumenladen geschickt hatte. Er hatte sich ihr mit Haut und Haaren ausgeliefert.
Sie hob die rechte Hand zum Abschiedsgruß. Der Schatten ihres Arms fiel wie eine Barrikade vor sein Vorderrad, veranlaßte ihn zu einem brüsken Bremsmanöver, und als er dann nach einer Schrecksekunde das Gas wieder aufdrehte, wußte er, daß da auch eine unerklärliche Scheu vor dieser kleinen undurchschaubaren Person mitschwang. Und erst als er dann nach einer eleganten Kurve heimwärts fuhr, die kleine Gestalt im Lichtkegel der Straßenlaterne hinter sich lassend, wurde ihm bewußt, daß es nicht nur Schuldge-

fühle waren, die ihn an sie banden. Da war auch so etwas wie Sympathie, Zuneigung.
Sophie schaute dem entschwindenden Motorradfahrer nachdenklich nach und wandte sich erst ab, als das Rücklicht in der Nacht verglühte.
Luise und Eugen saßen in stiller Eintracht nebeneinander auf dem Sofa und starrten auf den Fernsehschirm. Eugen suckelte aufgeregt an seiner Zigarre und nebelte die Szene ein. Aschebrösel taumelten von seiner Hausjoppe. Die goldene Uhr war aus der Tasche gerutscht und baumelte an der Kette zwischen seinen Beinen. Eine leere Flasche Eierlikör lag umgekippt am Boden. Luise drehte ein halbvolles Glas zwischen ihren knochigen Fingern. Adonis, der Kater, lag auf dem Rücken und spielte mit einer Wurstpelle. J. R. stand im Türrahmen.
Das Chaos ist ausgebrochen, dachte Sophie. Auch sie stand im Türrahmen und starrte den Fernsehbösewicht wütend an. Er war schuld an allem.
Eugen und Luise nahmen Sophie nicht zur Kenntnis, so lange, bis J. R. sich abgewandt und die Tür hinter sich geschlossen hatte. Im gleichen Augenblick schmetterte Sophie die Tür wütend hinter sich zu. Die beiden fuhren erschrocken hoch, suchten sich verwirrt zu orientieren, die Geräusche richtig einzuordnen.
»Du kommst spät!« sagte Luise vorwurfsvoll. Sie ging zum Angriff über, nahm aber die Schärfe in ihrer Stimme gleich wieder zurück, als sie Sophies

flammenden Blick sah, wie dieser langsam über die Zeichen zivilisatorischen Zerfalls wanderte.
»Zu spät!« antwortete sie spitz. »Ihr seid wie Kinder!«
Luise stand mühsam auf und öffnete den Mund. Sie war zum Kampf bereit, aber Sophie war heute nicht nach Scheinkämpfen zumute. Sie kannte die Abläufe. Erst würde Luise dem entrückten Eugen die Schuld in die Schuhe schieben, seine Dusseligkeit geißeln, den Zigarrenkonsum und sein Faible für Eierlikör. In einem zweiten Akt würde sie ihre Rolle als Hüterin von Sophies Ehemann ablehnen, und drittens, würde sie sagen, hätte sie ein Alter erreicht, in dem sie Anspruch auf uneingeschränkte Toleranz bei ihren Mitbewohnerinnen und Mitbewohnern habe. Dasselbe galt aber anscheinend nicht für den noch betagteren Eugen.
Sophie nickte und schnitt Luise, bevor sie den Mund öffnen konnte, mit einer herrischen Handbewegung das Wort ab. Jetzt ging es um bewegendere Dinge, um Leben und Tod, um irritierende Begegnungen und nicht um kleinkariertes Gezänke.
Sophie kramte in ihrer Handtasche und legte den Fotoapparat auf den Tisch. Zwar hatte sie ihn nur bei kleineren Festlichkeiten benützt, zu Weihnachten, wenn Luise Eugen Zigarren oder Gebäck für Diabetiker überreichte, oder Ostern, wenn Eugen sich revanchierte und Luise ein Schokoladenei mit rosafarbener Schleife in den Schoß legte, oder wenn, was selten

genug war, Adonis Männchen machte. Aber auch delikatere Situationen hatte Sophie fotografisch festgehalten. Wenn Eugen im Frühling die ersten Schneeglöckchen pflückte und sie dann, weil seine Feinmotorik beim Pflücken zu wünschen übrig ließ, etwas ramponiert der Fotografin entgegenstreckte. Einige Male hatte sie ihren Gatten auch vom Balkon aus fotografiert, im Frühsommer, wenn er von seinen Stadttouren zurückkehrte und dann, vom schlechten Gewissen getrieben, die Hacke packte, die neben der Gartentür lehnte, und sich in einem Anfall von Betätigungswut über das vermeintlich überall im Garten sprießende Unkraut hermachte und im Schweiße seines Angesichts verbissen alles entfernte, was die makellose Jungfräulichkeit der Blumenrabatten zu bedrohen schien. Daß er dabei in seinen wenig differenzierten gärtnerischen Bemühungen auch gleich die zarten Pflänzlinge mit ausrottete, brachte Sophie in Rage. Und als ihre diesbezüglichen Vorwürfe an Eugen einfach abprallten, weil er um nichts in der Welt diesen Akt von Vandalismus zugeben wollte, hatte Sophie kurzerhand den Fotoapparat gekauft, um ihren Gatten sozusagen in flagranti ertappen und ihm den Beweis seines Vergehens in Farbe vorlegen zu können. Doch als dann die Filme entwickelt waren und sie seinen glücklichen Gesichtsausdruck nach getaner Arbeit sah, brachte sie es nicht über ihr Herz, ihm die Tatbeweise vorzulegen.

Aber heute war es anders. Heute hatte ihr der Fotoap-

parat zum erstenmal gute Dienste geleistet, sehr gute sogar. Und er würde es noch einmal tun. Das wußte sie schon jetzt.
Und während jetzt Luise, die begriffen hatte, daß dies nicht ein Tag wie andere war, verbissen und still die Spuren des Fernsehabends beseitigte, setzte sich Sophie glücklich an ihren Schreibtisch, zündete die Artdeco Lampe mit dem rotbraunen Glasschirm an und plante den kommenden Tag.

14

»Ist es nicht ein bißchen laut hier?« Emanuel Schubert alias Erich Schlaffer beugte sich ganz nahe zu Sophies Ohr. Sophie schüttelte lächelnd den Kopf. »Freestyle ist nicht mein Geschmack«, seufzte er.
Es war wirklich laut im Jazzkeller, und sie konnte Schlaffers Einwände nur von seinen Lippen ablesen.
»Die Oper wäre Ihnen wohl lieber. Mozart oder so?«
Er nickte bekümmert und wischte sich gleichzeitig mit dem Handrücken den Schweiß von der Stirn. Die Hitze staute sich unter der gewölbten Decke. Und die Musik, die vom Podium herab die Enge des Raums zu sprengen drohte, verursachte ihm Übelkeit. Er bewunderte die Alte neben sich, die es zu genießen

schien, jedenfalls nippte sie versonnen an ihrer Cola und zündete sich eine Zigarette an.
»Sie sind ein naiver Zeitgenosse, Erich«, sagte sie mild und nebelte ihn mit dem Zigarettenrauch ein. »Können Sie denn die Vorteile eines überschaubaren Raumes nicht einschätzen? Und die laute Musik hindert unsere Nachbarn, sofern es sich um Spitzel handelt, zuzuhören.«
»Wir verstehen ja unser eigenes Wort nicht.«
»John Coltrane!« rief Sophie plötzlich begeistert. »Ist das nicht John Coltrane?«
Schlaffer zuckte bekümmert die Achseln. »Fragen Sie mich etwas Leichteres.«
»Vielleicht ist es auch Don Cherry.«
»Ein solcher Name steht nicht in meiner Liste«, murmelte Schlaffer und zog einen engbeschriebenen Notizzettel aus der Brusttasche.
»Ich spreche von Jazzmusikern, nicht von Mördern, mein Bester«, korrigierte ihn Sophie sanft.
Er starrte verzweifelt auf ihre Lippen, um ihre Worte zu erraten.
»Schießen Sie los«, sagte Sophie und warf einen vorsichtigen Blick in das Lokal. Doch da schien niemand zu sein, der sich für sie interessierte. Da war nur ein einziges bekanntes Gesicht: Stephan. Er lehnte neben der Eingangstür an der Wand, doch sein ganzer Körper hatte in den Rhythmus der Musik eingerastet, und Sophie hoffte nur, daß er seine Rolle als Zerberus deswegen nicht vernachlässigte.

Nein! Denn als in diesem Augenblick die Tür aufging und drei weitere Gäste den Keller betraten, wußte sie, daß sie sich auf Stephan verlassen konnte. Heimlich hatte er ein Büchlein aus der Tasche seiner Motorradjacke gezogen, hatte die Neuankömmlinge aufmerksam betrachtet, hatte verstohlen deren Erscheinung mit den Konterfeis in den Plastikhüllen verglichen und dann das Büchlein wieder weggesteckt.
Schlaffer blätterte nun auch sein Exemplar auf, in dem die Fotos steckten, die er bei der Trauerfeier im Augenblick des Erschreckens von den Anwesenden geschossen hatte. Sophie beugte sich vor.
»Das ist Ferdinand Rotzler, 72, Restaurantbesitzer in Iserlohn.«
Sophie prüfte den dazugehörigen Abzug. Er zeigte einen schmallippigen Mann mit langem, von Altersflecken übersäten Schädel. Seine hellen Augen waren auf Sophie gerichtet, die mit dem Tablett vor ihm stand. Der Zeigefinger seiner rechten Hand bohrte sich in die Schläfe. Seine Lippen waren fest zusammengepreßt.
Sophie schüttelte den Kopf. Ihr Blick verweilte jetzt auf Rotzlers Gattin, die klein und verwachsen neben ihm saß und ihre Umgebung nicht zur Kenntnis zu nehmen schien.
»Und hier Ingrid Neher.«
Schlaffers Stimme klang lauter als sonst, als er auf die üppige Blondine zeigte, die auf der anderen Seite von dem Gastwirt aus Iserlohn thronte. Da brach sich

wohl eine unterdrückte Begierde Bahn, dachte Sophie mitleidig und stellte wieder einmal fest, daß sich Bildung und Geschmack so oft gegenseitig ausschlossen. Die Frau zeigte ein feuchtes Lächeln, das aber nicht dem Fotografen galt, sondern dem Sitznachbarn zu ihrer Rechten. Von ihm aber war auf diesem Bild nur eine dicke Hand zu sehen, die auf ihrem Unterarm lag.

»Sie ist Verkäuferin in einer Musikalienhandlung hier in Hamburg.

»Aha«, murmelte Sophie und nickte verständnisvoll.

»In der Abteilung Volksmusik! Leider!« seufzte er. Sein Blick hatte nichts von seiner Begierde verloren.

»Weiter!«

»Jahrgang '68. Sie ist eine Nichte des Toten. Ersten Grades«, fügte er traurig hinzu.

»Ein guter Jahrgang«, nickte Sophie, aber sie dachte wohl eher an die Studentenunruhen als an Wein und meinte schon gar nicht das mollige dümmliche Geschöpf, dessen rechte Körperseite auf einem Foto in Nahaufnahme zu sehen war: ein Busen, der aus dem Ausschnitt ihrer schwarzen durchsichtigen Bluse drängte, und wieder ein weißer Arm, von dem hier die Hand des Nachbarn abgefallen zu sein schien, wie ein Blutegel, der sich vollgesaugt hatte. Dort, wo die Finger zugepackt hatten, war die Haut gerötet, konnte man die Spuren des groben Zugriffs des Mannes noch erkennen.

»Und wer saß neben ihr?« fragte Sophie nachdenklich.
»Das ist Onkel Leo.« Sein Mund war dicht an ihrem Ohr.
Der rundliche Glatzkopf! Er saß zwischen Ingrid, der Blondine, und einem kurzgeschorenen jüngeren Mann, der die Zähne zusammenbiß, als sei er eben im Begriff, einen geläufigen Kraftausdruck auszustoßen.
»Scheiße!«
Schlaffer schaute Sophie erschrocken von der Seite an.
»Der hier mit den kurzgeschorenen Haaren sagt ›Scheiße‹.«
»Onkel Leos Sohn. War lange Zeit in Marokko als Teppichhändler.«
Plötzlich entdeckte Sophie, wie sich Angst in Schlaffers Blick breitmachte. Er blickte nicht mehr auf das Foto, sondern schaute zum Eingang, wo Stephan eben ein weißes Taschentuch herausgezogen hatte und es weithin sichtbar schwenkte, bevor er sich damit schneuzte.
Dort stand der jüngere Mann mit den kurzgeschorenen Haaren auf der Treppe, Onkel Leos Sohn, und ließ seinen Blick durch das Lokal wandern.
»Gehen Sie, Erich! Gehen Sie einfach an ihm vorbei hinaus. Schauen Sie ihm gerade ins Gesicht, aber bitte cool!«
Schlaffer erhob sich zögernd, stand leicht schwan-

kend da, als ob er sich gegen die auf ihn zu brandende Musik stemmen müßte, straffte dann die Schultern, schien um Zentimeter zu wachsen und marschierte entschlossen zum Ausgang, wobei er im Gehen seinen schwarzen breitrandigen Hut aufsetzte.

Leos Sohn fuhr herum, als er den Fotografen beim Leichenmahl wiedererkannte. Seine rechte Hand verschwand in der Tasche seines Jacketts, als wolle er nach einer Waffe greifen, aber er versteckte dort wohl nur seine geballte Faust.

Leos Sohn kam langsam, die rechte Hand noch immer in der Tasche, auf Sophie zu. Stephan folgte ihm mit den Augen.

»Frau –?«

Er schaute sie mit seinen hellbraunen, beinahe gelblichen Augen, in denen kleine schwarze Punkte oszillierten, böse an. Jetzt preßte er seine Zähne nicht wie auf dem Foto zusammen. Seine Lippen waren wulstig, und im linken Mundwinkel perlte eine kleine Speichelblase.

»Das Foto schmeichelt ungemein«, sagte Sophie und hielt das Bild weit von sich, um es mit ihren altersschwachen Augen besser erkennen zu können.

»Sie wollen mir also Ihren Namen nicht sagen?«

Er hatte sich mit beiden Händen auf dem Tisch aufgestützt und lehnte sich weit nach vorn. Sie konnte seine rötlich schimmernden Bartstoppeln genau erkennen und die trockene Haut, von der sich feine Partikel zu lösen schienen.

»Ich lege keinen Wert auf Ihre Bekanntschaft, Herr Langer. Es ging mir nur darum, herauszufinden, ob Sie meiner Aufforderung zu einem Treffen Folge leisten würden.«
»Ich bin gekommen! Aber ich muß schon sagen, ich habe mir etwas Jüngeres vorgestellt!«
Er verzog sein Gesicht zu einem hämischen Grinsen. »Oma!« fügte er endlich hinzu. Aber sein Grinsen verkümmerte, als er sah, wie die Alte ein Blatt Papier aus ihrer Handtasche nahm, es sorgfältig auseinanderfaltete, ihre Blicke über die Zeilen wandern ließ und dann endlich wieder aufschaute. Jetzt lächelte sie.
»Karl Langer, Jahrgang 1947. Ausbildung zum Chemiker, von 1975–78 Teppichhändler in Marrakesch, nach der Rückkehr als Juniorchef im Unternehmen seines Vaters tätig. Eisenwaren.«
Sophie faltete das Blatt befriedigt zusammen und lehnte sich zurück.
»Was wollen Sie?« fragte Langer leise. Und obwohl Sophie seine Frage akustisch nicht verstand, konnte sie den Inhalt erraten. Langer war verunsichert.
»Setzen!« rief eine Stimme hinter ihnen.
»Mich interessiert die Angst in Ihren Augen!«
»Setzen!« riefen mit einemmal viele Gäste, und der Posaunist zog einen gewaltigen heiseren Ton aus den Tiefen seines Instruments. Sophie trank den Rest ihrer Cola, und Karl Langer war bereits an der Tür, als sie das Glas wieder auf den Tisch stellte.

»Bravo!« riefen die Gäste. Einige pfiffen, andere applaudierten, als Sophie aufstand und auf den Ausgang zu stolzierte. Sie genoß den Applaus, und als sie bei der Tür angekommen war, war sie versucht, sich noch einmal umzudrehen und mit lässig erhobener Hand in die Menge zu winken. Aber der Traum verflog, wie er gekommen war. Natürlich wußte sie, daß der Applaus den Musikern auf dem Podium galt, die sich verbeugten, und nicht ihrem Raffinement, mit dem sie einen offensichtlich Schuldigen aufgeschreckt hatte.

Nur ein Gast klatschte nicht und schaute auch nicht auf die schweißnassen Musiker, sondern blickte so lange Sophie Tauber nach, bis sie den Keller verlassen hatte. Dann stand er langsam auf, warf einen Fünfzigmarkschein auf den Tisch und folgte ihr.

Es gibt Augenblicke im Leben, in denen man sich besonders gut fühlt, wie ein kleiner Gott, der seine Geschöpfe fest im Griff hat. Man sollte in solchen Augenblicken der Euphorie aber seine erdenschwere Kreatürlichkeit nicht außer acht lassen, dachte Stephan, der nach kurzem Zögern dem Mann in Sophies Rücken folgte.

Es war eine mondhelle, laue Nacht. Sophie öffnete den obersten Knopf ihres hellgrauen Staubmantels. Ihre Absätze klapperten laut auf dem Pflaster. Aber sie hatte jetzt keine Lust, ihre Schuhe zu wechseln, und vor allem wollte sie den Mann nicht mißtrauisch machen, der ihr in einigem Abstand folgte. Sie spürte ein

Kribbeln im Kreuz und war mehr als einmal versucht, einfach loszurennen. Eine Dame zeigt auch in einer prekären Situation Haltung, hatte ihre Mutter oft gepredigt. Doch als die Schritte hinter ihr immer näher kamen, verfluchte sie kurz ihre adelige Abstammung und überlegte, ob sie nicht einfach die Schuhe von den Füßen streifen und in Strümpfen davonlaufen sollte.

Und jetzt wußte sie auch mit einemmal, wer der Mann war, der ihr folgte. Er hatte am Nebentisch gesessen, und nur, weil er keine Schirmmütze trug, hatte sie ihn nicht wiedererkannt. Das war unprofessionell, dachte sie. Man mußte auf Gesichter achten und Menschen nicht allein durch Kleidungsstücke identifizieren. Der Mann hatte am Friedhofstor neben dem schwarzen Mercedes gestanden, der, so hatte sie mittlerweile herausgefunden, auf den Namen Leo Langer zugelassen war.

Sophie schaute sich vorsichtig um. Der Chauffeur war nur noch zehn Meter hinter ihr. Vor ihr wuchsen abweisende Fassaden in den nächtlichen Himmel, öffnete sich keine rettende Gasse noch ein Toreingang.

Sophie verfluchte ihre Neugier, die sie alle Vorsicht hatte vergessen lassen. Wenn ihr nur jemand entgegengekommen wäre, ein später Spaziergänger mit seinem Hund zum Beispiel! Aber die Gegend am Nicolaifleet schien kein Quartier von Hundebesitzern zu sein. Hier war es natürlich auch unmöglich, ein Taxi zu bekommen. Wo waren der unglückselige Schlaffer, wo Stephan?

»Halte deine Stellung bis zuletzt«, hatte sie ihm eingeschärft. Und Schlaffer hatte sie befohlen, Langers Haus zu observieren.

Wenn der Mann hinter ihr nun plötzlich eine Pistole zog und losballerte?

Die enge Straße machte eine Biegung, und nun sah Sophie, daß sie ein paar Stufen hinunter direkt an den Zollkanal vor der Speicherstadt führte, die bedrohlich düster in den Nachthimmel ragte. Endlich einen Fluchtpunkt vor Augen, dachte Sophie. Wenn dieser auch noch weit entfernt schien, weiter, als er wahrscheinlich war.

Die Explosion war ohrenbetäubend. Sophie warf sich blitzschnell flach auf den Boden, lag da, die Hände über dem Kopf, als das Motorrad neben ihr anhielt. Stephan beugte sich über sie und half ihr auf die zittrigen Beine. Und dann saß sie auch schon hinter ihm auf dem Motorrad. Ihr Kopf steckte im feuerroten Helm, sie spürte die Vibrationen aus den grummelnden Eingeweiden der Maschine steigen und wagte, nachdem ihre Finger in den Falten von Stephans Lederjacke Halt gefunden hatten, einen vorsichtigen Blick über die Schulter. Aber ihr Verfolger hatte sich bereits abgewandt und rannte in die Richtung davon, aus der sie gekommen waren. Im selben Moment ließ Stephan seine Harley Davidson die Stufen hinunterpoltern und glitt geschmeidig zurück auf

die Hauptstraße entlang des Kanals. Dreimal klopfte Sophie auf Stephans Helm, als sie von weitem die vertrauten Umrisse ihres Hauses sah, das sich wie ein Scherenschnitt vom nächtlichen Himmel abhob. Stephan brachte die Harley zum Stehen, hielt sie zwischen den gespreizten Beinen in delikatem Gleichgewicht und wandte sich halb um, als Sophie vom Rücksitz kletterte.
»Mein Retter«, flüsterte sie, und ihre Stimme klang belustigt.
Stephan lachte in sich hinein.
»Haben Sie sich weh getan?«
»Ich dachte, der Mann hinter mir hätte geschossen.«
»Es war mein Auspuff. Leider ist da ein Loch. Und jetzt?«
»Jetzt?«
Sophie war froh, daß es dunkel war und niemand sah, wie sie schamrot geworden war.
»Jetzt?« antwortete sie zögernd. »Jetzt planen wir den großen Schlag.«

15

»Die Trauergesellschaft haben wir gründlich aufgescheucht!« Sophie saß in Eugens Ohrensessel und schaute in die Runde.
Der Salon war wie zu einem Fest hergerichtet. Die

Vorhänge waren zugezogen. Auf dem Eßtisch dufteten dunkelrote Rosen in einer Kristallvase. Das kleine Spotlämpchen auf dem Bücherregal war auf das Seengemälde eines unbekannten niederländischen Meisters gerichtet und ließ die Wellenkämme scharf hervortreten. Die Maserung der schweren Möbel reflektierte gedämpft das Licht der Kerze, die auf dem Rauchtischchen flackerte. Und daneben erhob sich eine zweistöckige Himbeertorte, deren Rezept Luise aus dem Fundus ihrer von Süßigkeiten durchwirkten Vergangenheit reaktiviert hatte. Luise selbst thronte in der Sofamitte. Sie hatte ihr schönstes Kleid angezogen, eine orgiastische Symphonie aus roten und lila Blumen. Ihre Perlenkette leuchtete diskret, und sogar der Kater Adonis, eine rosafarbene Schleife um den Hals, saß unbeweglich da, als ob er in Stein gehauen wäre.

Eugen saugte an seiner Zigarre und war glücklich darüber, daß endlich einmal so viele Leute in diesem Haus versammelt waren. Er dachte wohl, es handle sich um ein Familientreffen, und es machte den Anschein, als ob es in seinem Hirn fieberhaft arbeite, daß er verstümmelte, vergessene Namen zu intakten Gebilden zusammenzusetzen versuchte. Eugen hatte den Stuhl neben dem Telefon gewählt und betrachtete abwechslungsweise den Mann, der zum erstenmal seit Jahren den etwas verstimmten Flügel wieder zum Tönen brachte, und den Jungen in der Balkontür, der etwas verkrampft dastand und eine Zigarette rauchte.

Stephan fühlte sich in dieser bunten Gesellschaft offensichtlich nicht gerade wohl, zumal er in seinem engen Lederkombi zu schwitzen schien.
»Hören Sie mir überhaupt zu, Herr Schlaffer?« fragte Sophie endlich, als sie keinerlei Reaktion auf ihre Feststellung erhielt.
»Wir hören *ihm* zu«, sagte Luise, und Bewunderung klang in ihrer Stimme mit.
»Mozart, d-Moll-Klavierkonzert. Das Motiv im zweiten Satz. Andante. Ich weiß!« Sophie nickte ungeduldig.
»Romanze«, korrigierte Erich Schlaffer leise und drehte sich auf dem Klavierstuhl um.
»Zur Sache!«
Stephan riß erstaunt die Augen auf. Eugen fixierte ihn angestrengt mit zusammengekniffenen Augen.
»Wir kennen uns«, murmelte er und zeigte mit der Zigarrenspitze auf den jungen Mann. Es hatte gedauert, bis er ihn wiedererkannt hatte. Das einzige, was Sophie wunderte, war, daß Stephan und Schlaffer noch immer so taten, als ob sie sich nie zuvor gesehen hätten.
»Ich fasse zusammen«, sagte Sophie laut und klatschte in die Hände. »Bertram Senger ist keines natürlichen Todes gestorben.«
»Senger? Den Namen kenne ich«, wandte Eugen ein und beugte sich auf seinem Stuhl weit vor.
»Das hatten wir schon«, sagte Luise.
Sophie verzichtete auf einen Kommentar.

»Während mehrerer Wochen erhielt er täglich eine Nelke zugeschickt, umwickelt mit einem schwarzen Band. Anonym. So jedenfalls hat es unser Mozart-Spezialist erzählt.«
Sie deutete auf Schlaffer, der verlegen wegschaute. Es schien ihm unangenehm zu sein, im Mittelpunkt zu stehen.
»Mozart?« fragte Eugen unvermittelt. »Der Name sagt mir etwas.«
»Ich bin nicht Mozart«, sagte Schlaffer schnell und bereute auch schon seine Korrektur, weil Eugen ihn gar nicht gemeint hatte.
»Er ist Schubert«, korrigierte Sophie.
»Mozart wurde auf meiner Hochzeit gespielt.«
Sophie runzelte die Stirn. »Nicht auf *unserer* Hochzeit, Eugen! Das war wohl bei deiner ersten.«
Sophie war verstimmt. Eugen dachte nach. »Mit...?«
Er schaute hilflos in die Runde, aber niemand wollte ihm beistehen und ihm den Namen seiner ersten Frau nennen. Eugen resignierte.
»Ist ja auch egal. Auf jeden Fall war es Mozart!«
»Das Motiv ist entscheidend«, griff Sophie wieder ein. Sie durfte sich jetzt nicht aus dem Konzept bringen lassen.
»Das Motiv ist immer Liebe«, murmelte Eugen versonnen. Er dachte wieder an seine erste Frau, die vor über dreißig Jahren kinderlos gestorben war. Luise und Sophie sahen sich bestürzt an. Das Wort Liebe war unpassend.

»Warum Nelken?« fragte Luise, um das Gespräch wieder in geordnete Bahnen zu lenken. »Ich liebe Nelken.«

»Näglein! Das ist es. Näglein waren gemeint. Unser Künstlerfreund hat die Lösung geliefert.«

Schlaffer wurde rot, und Sophie wühlte in Haufen von Zetteln und Fotos, die sich vor ihr auf dem Tisch türmten. Endlich hatte sie gefunden, was sie gesucht hatte.

»Da. Leo Langer, Fabrikant.« Sie hob ein Foto in die Höhe und schaute triumphierend in die Runde.

»Und?« fragte Luise gleichgültig. »Fabrikant ist doch nichts Besonderes.«

»Textilien«, murmelte Eugen.

Sophie nickte anerkennend. »Textilien. Richtig. Aber Langer stellt Eisenwaren her. Nägel vor allem.«

Jetzt war es plötzlich still im Raum. Nur Eugens Sauggeräusche waren noch in regelmäßigen Abständen zu hören.

»Langer steht vor dem Konkurs!«

»Woher weißt du das denn?« fragte Luise unbeeindruckt.

»Ich habe noch immer meine Bankbeziehungen. Schließlich war ich ja viele Jahre in einem traditionsreichen hanseatischen Bankhaus tätig.«

»Als Telefonistin«, warf Luise hämisch ein.

»Langer ist zu mächtig! An den kommt man nicht ran!«

Es war Schlaffer, der das Gespräch wieder in Gang

gebracht hatte und sich dazu auf dem Klavier begleitete. Mit Mozart natürlich.
»Wenn das so ist, warum haben Sie sich dann als Rächer Ihres Onkels versucht?«
Schlaffer schien nachzudenken.
»Lydia«, murmelte Eugen plötzlich. Alle außer Sophie und Luise drehten ihre Köpfe und starrten ihn an. Sie wußten nicht, daß ihm in diesem Augenblick der Name seiner ersten Frau in den Sinn gekommen war.
»Senger hat sich Ihnen anvertraut, Erich.«
Sophies Stimme klang heiser. Sie räusperte sich und klopfte mit einem Bleistift auf die Tischplatte. »Er hat Sie um Hilfe gebeten.«
Schlaffer ließ ein trauriges Lächeln hören. Es war eher ein Stöhnen als ein Lachen. »Ich habe mich übernommen. Ich habe gehofft, daß die Szene mit den Nelken die Leute beeindrucken würde! Aber Stephan hat mich im Stich gelassen!«
»Stephan?«
Sophie schaute ihren silbernen Ritter erstaunt an.
»Wir kennen uns von früher. Wir haben uns in Nürnberg kennengelernt. Zufällig.«
»Auf dem Christkindl-Markt«, sagte Stephan verlegen. »Erich hat dort Weihnachtslieder auf der Orgel gespielt, und ich habe Gebäck verkauft. Schließlich habe ich in Erlangen studiert.«
»So ist das also«, wunderte sich Sophie. »Und warum habt ihr hier denn nicht zusammengespannt?«

Die beiden schauten sich an, das heißt, jeder schaute über die Schulter des andern in die Ferne.
»Schlaffer zieht das Unglück an! Wo er verkehrt, stirbt jemand. Wo er ein und aus geht, wird jemand krank oder geht pleite.«
Schlaffer wiederholte noch einmal das Romanzen-Motiv. Er wußte, daß ihn alle anstarrten. Und er selbst ahnte, daß es vielleicht stimmte, was Stephan erzählte. Er war ein Unglücksbringer, ein Totenvogel.
»Als mich mein Vater in Erlangen besuchte, gab Schlaffer ein Konzert...«
»In intimem Kreis«, ergänzte Schlaffer und hörte auf zu spielen.
»Wie auch immer! Zwei Tage darauf war mein Vater tot. Er starb auf der Rückreise bei einem Verkehrsunfall.«
Jetzt hörte man nicht einmal mehr Eugens Sauggeräusche. Nur die Kerze flackerte, die Flamme stand plötzlich waagerecht in der Zugluft, deren Ursprung verborgen blieb.
»Onkel Bertram starb, als er mich zu sich rief.«
Alle starrten vor sich hin, und Sophie wußte, daß alle dasselbe dachten: Wer war wohl als nächster an der Reihe? Es war zu spät, den unglücklichen Pianisten wegzuschicken. Die Begegnung mit ihm hatte bereits stattgefunden. Und vielleicht war der Tod schon unterwegs.
»Das Motiv!« sagte Eugen unvermittelt mit klarer Stimme.

Alle waren ihm dankbar, daß er die lastende Stimmung durchbrach, und Sophie wunderte sich wieder einmal. Es schien, als ob ihr Mann die ganze Zeit über präsent gewesen wäre, als ob er den Fall Senger von Anfang bis Ende lückenlos mitverfolgt hätte und gar nicht ab und zu in die tiefen Höhlen des Vergessens eingetaucht sei.

»Ja, das Motiv«, seufzte Sophie. »Liefern Sie einen Anhaltspunkt, Erich.«

»Das Motiv ist immer Geld!«

Es war überraschenderweise wieder Eugen, der sich zu Wort gemeldet hatte.

Und Sophie war es höchst unangenehm, daß es ausgerechnet ihr Mann war, der das Geld ins Spiel brachte.

»Herr Tauber hat recht«, murmelte Schlaffer, mehr für sich als für die Ohren der andern bestimmt. »Sie sagten es schon, Frau Tauber: Langer war pleite. Langer verlangte Geld von Senger, um den drohenden Konkurs abzuwenden. Aber Senger verweigerte es ihm.«

»Langweilig«, meinte Sophie. »Das Übliche. Aber was hatte er davon, wenn er ihn umbrachte?«

»Langer ist Sengers Stiefbruder mütterlicherseits. Das Geld hat Senger von seinem Vater geerbt. Aber in der Erbfolge nach Senger steht Langer an erster Stelle.«

»Die hätten doch warten können, bis Senger von alleine stirbt. Senger war alt.«

»Manchmal kann man nicht warten! Vielleicht war Senger zäh«, warf Luise ein und lächelte Sophie an.
Sophie stand auf und ging mit kleinen hastigen Schritten durch den Raum, wobei sie hier und da an Möbelstücke oder Stuhlbeine stieß.
»Gift!«
Das spitze Wort stoppte Sophies Schritte. Es schlug ein wie ein Blitz. Sie fixierte Schlaffer, der das ominöse Wort durch einen perlenden Lauf auf dem Flügel gleichsam neutralisierte.
»Sargnägel!« sagte Stephan. Er hatte sich gedankenverloren eine Zigarette angezündet, sie nachdenklich betrachtet und dann über das Balkongeländer in den Vorgarten geworfen.
»Wir haben Aschenbecher!« sagte Luise spitz.
»Verzeihung.« Stephan verbeugte sich leicht. »Die Panik.«
»Gift in den Zigarren? So meinst du das, Stephan?«
Stephan nickte.
»Aber wer kennt sich da aus?«
»Vielleicht der junge Langer«, sagte Luise. »Der war doch in Afrika oder so, habt ihr erzählt.«
Schlaffer spielte einen Tusch. Eugen klatschte begeistert in die Hände.
»Das war's!« Sophie schaute triumphierend in die Runde. »Schneide die Torte an, Luise. Wir feiern.«
»Bist du nicht etwas voreilig?«
Sophie schüttelte den Kopf. »Es hat lange gedauert, bis der Groschen fiel. Jetzt ist es soweit. Haben Sie

einen Schlüssel zum Haus Ihres Onkels und hat die Haushälterin einen?«

»Ich habe einen. Aber seit heute vermißt die Haushälterin ihren.«

»Es gibt keinen Zufall! Wir bereiten den Mördern einen großen Empfang!«

»Und unser Freund Schlaffer?«

Es war Stephan, der die Frage stellte und die Aufbruchstimmung dämpfte.

»Was soll mit ihm sein?« fragte Sophie.

Sie schaute auf den Pianisten, der in sich zusammengesunken vor dem Flügel saß, die Hände auf den Oberschenkeln.

»Und wenn er auch diesmal...?«

Luise brachte den Satz nicht zu Ende.

»Warum sollte er nicht?« fragte Sophie lächelnd, und niemand wußte, wie sie es gemeint hatte.

16

Es war richtig gemütlich. Die schweren Samtvorhänge waren geschlossen. Die hochflorigen kostbaren Teppiche dämpften alle Geräusche auf ein sozusagen vornehmes Maß. Zum Beispiel die regelmäßigen Schmatzgeräusche, die Luise verursachte, oder wenn Erich Schlaffer von Zeit zu Zeit mit dem Daumen über die Zähne seines Kamms fuhr oder Eugen sich vernehmlich räusperte.

Sophie war die einzige, die sich ohne Schwierigkeiten in die gediegene Ambiance der alten großen Villa in der Hamburger Nobelgegend Harvestehude einfügte. Sie trank in kleinen Schlucken ihren Champagner aus dem Kristallkelch und beobachtete versonnen das warme Licht der Kerzen, die überall im Raum in silbernen Leuchtern steckten.

»Der Mann hatte Stil«, sagte sie endlich und betonte dabei jede Silbe des Satzes.

»Angelernt«, brummte Eugen. Die prompte Reaktion kam überraschend. »Der Mann war doch ein Banause!«

»Immerhin hängt da ein echter Hopper.«

Sophie sagte es mit unterdrücktem Triumph in der Stimme.

»War der Weltmeister im Schwergewicht?« fragte Luise verwundert, die nichts mehr liebte als Boxkämpfe und die, zwar immer seltener, wie es Sophie mit ihrem entschwundenen Lothar zu tun pflegte, in regelmäßigen Abständen ein Fotoalbum hervorholte, wie ein intimes Tagebuch mit einem Schloß versehen, und darin die verblichenen Größen des Madison Garden Revue passieren ließ: Schmeling, Joe Louis, Jack Dempsey, Ray Sugar Robinson, Muhammad Ali oder Mike Tyson. Daß sie vor kurzem ein Bild des Fleischbergs Foreman anläßlich seines letzten Kampfes aus einer Zeitung ausgeschnitten und als Nachzügler ihrer Sammlung einverleibt hatte, verschwieg sie verschämt.

»Hopper war Maler. Amerikaner.«

»Amerikaner können boxen, aber nicht malen«, entgegnete Luise gekränkt. Da kannte sie sich aus. »Also kann das nur schlechte Kunst sein!«

»Bravo«, hauchte Eugen, dem zwar dieser Kommentar durchaus in seine Vorstellung von Kunst paßte, der aber seine Zustimmung nicht laut zu äußern wagte.

Es ist fast wie an irgendeinem beliebigen Abend, dachte Sophie. Und sie war etwas enttäuscht. Weder Luise noch Eugen schien der Ernst der Situation klar zu sein. Nur Erich Schlaffer konnte seine Nervosität kaum verbergen. Immer wieder ging er auf Zehenspitzen zu einem der Fenster und linste durch einen Vorhangspalt in den Park hinunter, der an die Alster grenzte, dort, wo sie sich hinter der Brücke zu einem ausladenden See verbreiterte.

»Schöner Ausblick?« fragte Sophie spöttisch.

Der schwere Duft seines billigen Rasierwassers hüllte Schlaffer ein. Sophie rümpfte die Nase. Der Mann hatte keine Klasse, deshalb war er wohl auch kein berühmter Pianist geworden. Sie griff zum Telefon, das neben ihrem Sessel auf einem Tischchen mit geschweiften Beinen stand, und zog dann ihre Hand beruhigt wieder zurück.

»Und wenn er nicht kommt?«

Schlaffer stand vor dem tizianroten Vorhang, blaß und mit unruhigem Blick.

»Er?« fragte Sophie. »Da kommt doch nicht nur

einer in Frage.« Wieder streckte sie ihre Hand probeweise nach dem Telefonhörer aus.
»Also: Wenn sie oder er oder wer auch immer nicht kommt oder kommen ... was dann?« fragte Luise an Schlaffers Stelle nach.
»Dann wäre das ein Beweis für ihre Unschuld«, antwortete Sophie ruhig. Aber ihre Ruhe war nur gespielt, das bemerkten auch die drei andern. Sie mußte wieder etwas Leben in die Bude bringen. Die Teilnahmslosigkeit ihrer Hausgenossen und Schlaffers Verzagtheit belasteten sie. Von ihnen hatte sie keine Hilfe zu erwarten, und sie fragte sich, ob es nicht besser gewesen wäre, auf diese Eskorte zu verzichten und allein den oder die Mörder Sengers zu erwarten. Aber gerade deshalb, weil sie nicht wissen konnte, wie viele düstere Figuren da auftauchten, hatte sie sich entschlossen, ihre vertraute Umgebung in Sengers Villa mitzunehmen. Natürlich nahm diese Begleitung der Angelegenheit etwas von ihrem abenteuerlichen Reiz. Andererseits war sich Sophie auch darüber im klaren, daß sie gar nicht diesen erhofften abenteuerlichen Kitzel allein hätte auskosten können. Sie griff in ihre unergründliche Handtasche, zog eine Zigarrenkiste heraus, stellte sie auf das Tischchen und öffnete sie feierlich.
»Das sind meine Zigarren!« wandte Eugen ein.
Sophie nickte beiläufig, klaubte eine nach der andern heraus und legte sie dann vorsichtig in eine mit Indio-Motiven verzierte Schachtel, die neben dem Telefon lag.

»Beruhige dich, Eugen«, besänftigte Sophie ihren aufgebrachten Mann, der einen vergeblichen Versuch gemacht hatte, sich zu erheben.
Sie griff wieder zum Telefonhörer, diesmal aber nicht probeweise. Die Blicke der andern waren auf sie gerichtet, und sie genoß es. Wie ein Pianist, der nach dem Anschlag seine Finger zurückschnellen läßt, drückte sie auf die Tasten.
»Ja, hier Sophie Tauber. Spreche ich mit Doktor Federer vom toxikologischen Institut?«
Die Antwort schien sie zu befriedigen. Sie nickte mehrmals, und ein verklärter Ausdruck huschte über ihr Gesicht.
»Canabis sativa. Canabis *indica*. Sehr schön. Danke, Doktor. Bis später.«
Sie legte den Hörer vorsichtig auf, als ob er zerbrechlich wäre.
»Sie werden kommen!«
Es klang wie ein Todesurteil, und Schlaffer zuckte zusammen.
»Zum Wohlsein! Auf ein langes Leben!«
Sie hob ihr Champagnerglas und prostete ihren Schicksalsgenossen einzeln zu. Die Reaktion war kläglich. Die Gläser wollten nicht klingen. Und Eugens Schlürfen tötete die gute Stimmung, die Sophie verbreiten wollte, vollends.
Das Telefon klingelte. Zweimal. Dann hörte es auf. Und während Luise durch den Raum ging und hörbar die Kerzen auspustete, richtete sich Sophie in ihrem

Sessel auf und warf einen prüfenden Blick auf Schlaffer, der, wie besprochen, jetzt unmittelbar neben der Bibliothektür stand, die rechte Hand in der Tasche seines mitternachtsblauen Jacketts. Luise hatte sich neben die Tür gesetzt, die ins benachbarte Eßzimmer führte, und Eugen hatte es endlich nach mehreren vergeblichen Versuchen geschafft, sich aus den Tiefen seines Sessels zu befreien, hatte sich Schlaffers schwarzen breitrandigen Hut aufgesetzt und hinkte in die gegenüberliegende Zimmerecke. Erst als alle ihre Plätze eingenommen hatten, als die Umrisse von Sophies Begleiter von den langen Schatten verschluckt worden waren, zog sie sich auf ihre strategische Position neben der Halogenlampe italienischer Herkunft zurück, stand unbeweglich da in einer Nische zwischen zwei Bücherregalen.

Die Spannung wäre nicht auszuhalten gewesen, wenn nicht in regelmäßigen Abständen die vertrauten Signale die spannungsgeladene Stille durchbrochen hätten: Luises Schmatzen, Eugens Röcheln und das Sirren, das Schlaffers Daumennagel auf dem Kamm hervorrief.

Doch dann war da plötzlich ein unvertrautes Geräusch, das auf einen Schlag die andern zum Verstummen brachte. Wurde irgendwo in der Nähe eine Tür aufgeschlossen? Sophies geschärftes Gehör vernahm ein Klicken, dann ein Knacken und endlich ein unterdrücktes Ächzen.

»Keinen Laut mehr!« zischte sie. Sie spürte, wie

Schweiß aus ihren Poren drang. Luise ließ ein letztes Schmatzen hören, und in der Ecke erklang ein metallisches Klicken.

Plötzlich schob sich ein Lichtstreifen unter der Tür durch und verschwand gleich wieder. Eine halblaute Stimme gab einen unverständlichen Kommentar ab. Es war also nicht nur eine Person. Es waren zwei Personen! Das Telefon hatte zweimal geklingelt! Sophie war in diesem Augenblick doch froh, daß sie sich nicht allein auf das Abenteuer eingelassen hatte.

Wenn nur Stephan nicht versagte! Auf ihn vor allem kam es jetzt an, obwohl Sophie nicht damit rechnete, daß die Eindringlinge bewaffnet waren.

Jetzt ging die Salontür langsam und geräuschlos auf. Die Umrisse zweier ungleich großer Männer hoben sich vor dem helleren Hintergrund der Türöffnung ab. Eine scheinbar unendlich lange Zeit blieb es still, war kein einziges Geräusch hörbar, bewegte sich nichts, und Sophie dachte an Eugens Bronchien, wie lange er wohl noch den Atem anhalten konnte.

Aber dann sprang ein dünner Lichtstrahl in den Raum, huschte zitternd über den massiv gerahmten Hopper, verirrte sich kurz in den tizianroten Falten eines Vorhangs und landete endlich nach langem Suchen auf der Zigarrenkiste auf dem Rauchtischchen.

»Es riecht nach Kerzenrauch!« flüsterte eine Stimme.

»Nach Rasierwasser«, antwortete eine andere Stimme halblaut.

»Da war jemand!«
»Die Haushälterin!«
»Die benutzt doch kein Rasierwasser.«
Der Lichtstrahl erlosch, und Sophie verfluchte sowohl Schlaffers billigen Geschmack als auch ihren Hang zum Mysteriösen, der sie dazu verführt hatte, ihren stimmungsunempfindlichen Begleitern etwas nachzuhelfen.
»Die Zigarrenkiste! Dort!«
»Hol sie, und dann nichts wie weg!«
»Nicht die Kiste! Nur die Zigarren!« erwiderte die zweite Stimme.
Der längere Schatten bewegte sich langsam vorwärts. Er folgte dem zitternden Lichtstrahl der Taschenlampe. Der Mann hatte jetzt sein Ziel fixiert, klammerte die verzierte Zigarrenschachtel aus dem Dunkel aus. Eine weiße Hand wuchs wie ein amputierter Körperteil aus der Schwärze und tastete sich auf die Schachtel zu. Und dann lief alles wie geplant ab.
Als das Licht der Halogenlampe aufflammte, von Sophie angeknipst, zuckte auch schon ein Blitzlicht auf, einmal, zweimal. Es kam aus der Ecke, wo eine hoch aufgerichtete Frauengestalt stand, deren Gesicht unter einem schwarzen Schleier kaum zu erkennen war. Und dann klickte es in der rechten Ecke, wo eine Erscheinung mit breitrandigem Hut saß, eine Pistole in den Händen. Und neben der Tür räusperte sich ein Mann in mitternachtsblauem Jackett, dessen rechte geballte Hand in der Tasche verborgen war.

Das war für den jungen Langer zuviel. Einen Augenblick stand er mit weit aufgerissenen Augen da, verstört, völlig aus der Fassung. Aber dann hatte er sich auch schon wieder in der Gewalt, schneller, als die Alten mit ihren verzögerten Reflexen hätten reagieren können.

Und wie überhaupt hätten sie reagieren können? Eugens alte Beretta, die er aus Italien nach Hamburg gerettet hatte, fehlte das Magazin, und mit einem Kamm, so dachte Sophie, hatte wohl die Stiefmutter im Märchen erfolgreich Schneewittchen attackiert, nicht aber hätte Schlaffer damit den ungleich kräftigeren Langer unschädlich machen können.

Dieser riß mit einer schnellen Bewegung das Kabel der Halogenlampe aus der Dose, packte die Zigarrenkiste und rannte zur Tür. Schlaffer ließ ihn ungehindert passieren. Ein letzter magnesiumheller Lichtblitz erfaßte den Flüchtenden. Die Tür fiel ins Schloß. Dann war es still.

Sophie schaltete die Deckenbeleuchtung an. Die Tränen des Kristallüsters klirrten.

»Ich habe ihn erwischt!« rief Luise stolz und hob triumphierend mit der Linken den Fotoapparat in die Luft, während ihre rechte Hand zur Faust geballt war, so wie sie es bei siegreichen Boxchampions gesehen hatte.

Sophie nickte uninteressiert. Noch war der Triumph nicht total.

»Das war nicht das Ende!« sagte sie tonlos.

Eugen, der ihre Stimme in all ihren Schattierungen kannte, hörte den leisen Zweifel heraus, der da mitschwang. Mit einer Behendigkeit, die keiner ihm zugetraut hätte, rappelte er sich hoch und hinkte, die Pistole noch immer in der Hand, auf Sophie zu und legte ihr den Arm um die Schulter.

»La grande vittoria, carissima«, flüsterte er ihr ins Ohr.

Sie warf ihm einen verwunderten Blick zu, küßte ihn flüchtig aufs Ohr und eilte dann entschlossen auf die tizianroten Balkonvorhänge zu, schlug sie auseinander, öffnete die Balkontür und trat hinaus.

»Komm doch endlich!« flüsterte Sophie, ohne daß jemand es hörte.

Würde Stephan, als einzig wirklich verläßlicher und vor allem physisch fiter Partner endlich auch den Schauplatz betreten – und vor allem zusammen mit einem stattlichen Polizeiaufgebot? Die Kopfarbeit war geleistet. Der Rest, Verhaftungen, die Sache mit Handschellen und Pistolenläufen zwischen den Rippen, war in der Realität nicht mehr ihre Sache. Das sah sie sich lieber vom Fernsehstuhl aus an.

Was sie jetzt von dort oben aus sah, war einmalig. Ein Gefühl überrieselte sie, wie sie es nicht kannte, nicht einmal die Erinnerung an Lothar hatte Ähnliches provoziert. War es der Triumph, dieses Bewußtsein von Größe, der leise Schauer vor der eigenen Möglichkeit, einen ganzen gewaltigen Apparat in Bewegung gesetzt zu haben?

Unten hastete die hohe Gestalt des jungen Langer die Auffahrt entlang zur Straße. Ein Schrei ertönte, dann das Geräusch eines Sturzes hinter dem Rhododendron. Langer zögerte kurz, tat dann einen Schritt in die Richtung zurück, aus der er gekommen war, blieb wieder stehen, drehte sich erneut um und lief auf das Eingangstor zu. Und dann kam der Augenblick, auf den Sophie so ängstlich gewartet hatte. Der Scheinwerfer der Harley Davidson schien zu explodieren, riß mit seinem brutalen gleißenden Angriff den Flüchtenden beinahe von den Beinen. Langer blieb schwankend stehen, schützte seine geblendeten Augen mit der Hand, als von der Toreinfahrt her eine Polizeisirene hörbar wurde und fast gleichzeitig wie Irrlichter blaue Blitze zwischen den Bäumen tanzten. Und als dann, von zwei Polizisten geführt, die füllige Blondine seitlich erschien, während der junge Langer von zwei weiteren Beamten in die Mitte genommen wurde, reckte Sophie triumphierend ihren Arm in die Nacht und fühlte sich einen Augenblick lang wie ein siegreicher Feldherr, der die Parade seiner Truppe abnimmt.

»Und meine Zigarren?« fragte Eugen plötzlich laut und anklagend.

»Ich kaufe dir neue. Kubanische. Erste Qualität!«

»Woran ist Senger denn gestorben?« fragte Luise. Sie sah blaß und müde aus, und es zog sie wie die andern nach Hause.

»An seiner Zigarre!« sagte Sophie.

»Man soll nicht rauchen!« sagte Luise triumphierend.
»Es war nicht die Zigarre an sich«, erwiderte Sophie. »Der junge Langer wußte, daß Cannabinol-Verbindungen als psychoaktive Wirkstoffe eingesetzt werden können. Mit Tabak vermischt, erzeugen sie einen berauschenden Rauch. Die Zigarren waren ein getarntes Geschenk. Und die Nelken waren die dazugehörige Drohung. Die Langers wollten Senger nicht umbringen. Sie wollten ihn weichklopfen – mit Drogen und Drohungen! Daß er im Rausch die Treppe hinabgestürzt ist, war die schlimmste aller möglichen Wendungen!«
Sophie schloß die Balkontür: »Ihr nehmt jetzt ein Taxi. Ich komme auf dem Motorrad nach.«

Erst der nächste Morgen vereinte die drei Alten wieder am Frühstückstisch. Und weil die drei, durch Erfahrung klug, gleich drei Exemplare der *Hamburger Morgenpost* am nahen Kiosk bestellt hatten, war es ausnahmsweise sehr still am Tisch. Alle drei waren in ihre Lektüre vertieft, ließen anhand der erst spärlichen und kurzgefaßten Hinweise auf einen anscheinend übertriebenen Polizeieinsatz für einen lapidaren Fall von Einsteigediebstahl in eine Villa ihre Erlebnisse noch einmal Revue passieren.
Erst als am Schluß des Berichts vom Herztod eines vorläufig noch nicht identifizierten älteren glatzköpfi-

gen Mannes die Rede war, ließen alle ihre Zeitung beinahe gleichzeitig sinken.
»Den hast du auf dem Gewissen«, sagte endlich Luise und sah ihre Freundin vorwurfsvoll an. »Das hast du jetzt davon!«
»Laß es«, murmelte Eugen. Er wirkte etwas verwirrt und schien nicht mehr genau zu wissen, wovon die Rede war.
Sophie sah ihren Gatten halb liebevoll, halb verstimmt an. »Ohne dich, mein Lieber, und deine Verwirrtheit wäre der alte Gauner noch am Leben!« Sie faltete die Zeitung langsam zusammen und blickte nachdenklich hinaus in den strahlenden Sommertag, und dabei murmelte sie kaum hörbar: »Übrigens war das nur mein erster Fall!«

Peter Zeindler, geboren 1934 in Zürich; Studium der Germanistik und Kunstgeschichte. Promotion bei Emil Staiger. Mehrere Jahre Dozent an Goethe-Instituten und Redakteur beim Schweizer Radio. Seit 1974 freier Schriftsteller und Journalist in Zürich. Veröffentlichte neben Hörspielen und Theaterstücken mehrere Kriminalromane, von denen vier mit dem Deutschen Krimipreis ausgezeichnet wurden, zuletzt der Agentenroman *Die Feuerprobe* (Arche 1991).

Peter Zeindler
Feuerprobe
315 Seiten. Gebunden

»Peter Zeindler schildert den mühsamen, schmutzigen Ausstieg eines Stasi-Agenten im Westen nach dem Ende der DDR, das ja nicht das Ende der Stasi war. Es ist eine trübe Story von Treue und Verrat, Manipulationen, Skrupellosigkeit und menschlichem Elend. Knapp und hart, atmosphärisch dicht und überzeugend, mit präzisen Charaktervignetten – Zeindler gehört zu den Besten des Thriller-Gewerbes, und vielleicht muß man Schweizer sein, um Deutsch-Deutsches derart souverän zu sezieren.«
Gisbert Haefs, DIE ZEIT

Ulrich Knellwolf
Roma Termini
Kriminalroman
243 Seiten. Gebunden

»Auf Anhieb ist es Ulrich Knellwolf gelungen, mit seinem Roman jene hochkarätige Spannung zu erzeugen, von der Friedrich Glauser einmal gesagt hat, sie unterscheide sich grundlegend von jener anderen, billigen – ›Fuselspannung‹ hat er sie genannt –, ›die nur ein Ziel kennt: die Auflösung, das Ende des Buches‹.«
Klara Obermüller, Weltwoche, Zürich

Friedrich Glauser im Arche Verlag

Sämtliche Kriminalromane
und Kriminalgeschichten
Herausgegeben von Frank Göhre

Der Tee der drei alten Damen
Wachtmeister Studer
Die Fieberkurve
Matto regiert
Der Chinese
Krock & Co.

7 Bände in einer Kassette
Mit einer Einführung von Frank Göhre
1472 Seiten. Broschur

»Spannung ist ein vorzügliches Element; sie erleichtert dem Publikum die Anstrengung des Lesens. Sie lenkt den Geist, den von Sorgen geplagten Geist, von den Widerwärtigkeiten des Lebens ab, sie hilft vergessen. Genau wie irgendein Schnaps, genau wie irgendein Wein. Aber wie es auch echten Kirsch und Façon gibt, gerade so gibt es die echte Spannung und die Fuselspannung – verzeihen Sie das neue Wort. Und Fuselspannung nenne ich jede Spannung, die nur ein Ziel kennt: die Auflösung, das Ende des Buches...«
Friedrich Glauser

Friedrich Glauser
Hinter Mauern
Erzählungen
Herausgegeben von
Frank Göhre
243 Seiten. Broschur

»Die Geschichten, die zwischen 1916 und 1938 in Schweizer Zeitschriften veröffentlicht wurden, erweisen diesen Ausgestoßenen der bürgerlichen Gesellschaft als sensiblen Beobachter, als präzisen Erzähler und als eleganten Stilisten. ›Meine Gedanken sind Bilder‹, schreibt Glauser. Und seine Erzählungen sind voller Tiefenschärfe.« Badische Neueste Nachrichten